文春文庫

播磨国妖綺譚

あきつ鬼の記

上田早夕里

文藝春秋

目次

播磨国妖綺譚

あきつ鬼の記

第一話　井戸と、一つ火

一

永享十一年（一四三九年）。

足利義教が、室町幕府の征夷大将軍であった時代。

播磨国（現在の兵庫県南部）、三宅の近く構という土地に、燈泉寺という名の寺と縁を持つ薬草園がひとつ置かれていた。

園内の畠は一反ほど。敷地内には草庵もある。

燈泉寺で修行して僧となった呂秀は、この年から寺には留まらず、貞海和尚の命によって薬草園をあずかった。

ある、ひんやりとした秋の早朝――。

呂秀は僧衣ではなく藍染めの野良着をまとい、畠に出た。

柔らかな陽の下で、女郎花や一枝黄花が鮮やかな黄色の小花を咲かせていた。いずれも漢薬となる草である。

薬草の育ち具合をよく観察し、そっと触れると、呂秀は、うら若い面立ちに穏やかな笑みを湛えた。どの薬草も夏の暑さに耐え、よくがんばってくれた。じゅうぶんな収穫を期待できるだろう。

女郎花は、煎じれば解毒や排膿に効く。

一枝黄花は、頭や喉の痛みに効く。

既に花が終わった瞿麦の種や桔梗の根などは、草庵で検分が進められているところだ。草庵には三年前から兄の律秀も暮らしている。僧である呂秀と違って、律秀は薬師で漢薬に詳しい。呂秀の務めは兄の作業を手伝うことだ。

薬草園で育てているのは、大陸から伝わった漢薬の原料となる植物である。

日本古来の伝承薬は、ひとつの症状に対して一種類の薬草を用いる。

いっぽう漢薬は、多数の薬草を組み合わせ、お互いの効果を引き出す特徴をそなえている。

漢薬の原料は「生薬」と呼ばれ、植物だけでなく動物や石のかけらまで含めると何百種類にも及ぶ。ここで作られているのはその一部だ。

ふたりだけで広い畠をあずかるのは難しいので、ときどき、近くの農人にも手伝ってもらう。

収穫した薬草は良質なものを選別し、丁寧に洗い、陰干しする。そのあとは虫がつかぬように薬簞笥に収める。

種類ごとに分けた生薬は律秀自身が使うだけでなく、燈泉寺の療養院や、北の山にある廣峯神社に納められる。それぞれの場所で、知識を持つ者に使ってもらうのだ。

漢薬は、生薬の組み合わせ方や分量に細かい決まりがある。『和剤局方』などの医書に記されている通りに、きちんと方じねばならない。薬師が勝手に決めた配合では効かない。個々の生薬を加減する場合にも、医書の記述通りに分量をはかる。

このように複雑な知識を求められるため、漢薬の薬師になれる者は限られていた。呂秀の兄である律秀は、これらを完璧に覚えて用いることができた。

いっぽう呂秀は、医術に関してはまるで才がなかった。できるのは薬草を育てることだけである。

だが、土の豊かさを保ち、毎日水やりをかかさず、葉や実を食い荒らす虫を取り除いて、陽あたりの具合や野分による害を心配する——こういった地味で根気のいる作業は、呂秀の気質にとても合っていた。

人の世はあまりにも騒がしく、呂秀にとっては、できれば避けて通りたいものだ。物言わぬものと向き合っていると、静かに心が落ち着いてくる。

朝一番に起きて農人たちが来るまでに畠を見まわり、ひとりでやれる作業は先に済ませておく。これが日課だ。

薬草の育ち具合を確かめて、枯れた茎や葉をよけていく。またたくまに陽は高く昇り、農人が薬草園を訪れる時刻となった。

門をくぐってきた農人たちと挨拶を交わしているうちに、ちょうど人々のあとを追うようにして、燈泉寺の僧、慈徳が園内に入ってきた。

身の丈六尺（約一八〇センチメートル）もある慈徳は、どこにいても目立つ。寺では小坊主たちのまとめ役を担っており、日頃から厳しい雰囲気を漂わせているが、根は優しい人物だ。僧の身でありながら、盗人を見つければ棒をふるって捕らえ、惣村の若衆に突き出してしまうほどの豪傑でもある。その慈徳が、今日はさらに眉根を寄せ、難しい顔つきで歩いてくる。慈徳がこのような様子で訪れるのは、決まって、特別な頼み事があるときだ。

──いつもの、あれだな。

呂秀は満面の笑みを浮かべ、畠から離れて門のほうへ近づいていった。慈徳がこちらに気づくと丁寧にお辞儀をした。「ようこそおいで下さいました。今日はどのような御用向きでしょうか」

慈徳はすぐに応えた。「律秀どのは、おられるか」

「兄なら、刈り入れた薬草を検分しております。ご案内いたしましょう」

だが、草庵に入ってみると、そこに律秀の姿はなかった。

筵の上には整理された薬草が並んだままだ。手をつけていないものもある。どこかへ出かけたようだが、書き置きの類いはない。

呂秀は慈徳に言った。「待っていればいずれ戻りましょうが、先に、私がお話をうかがっておきましょうか」

「そうだな。律秀どのは、いったん出てしまうと、いつ戻るかわからぬ方ゆえ」

慈徳は草庵の奥へ通されると、板張りの床に敷かれた置き畳に腰をおろした。呂秀が「白湯をお持ちしますので」と告げると、片手を挙げてそれを断った。「いつものことだ。気をつかわなくともよい」

「しかし、和尚さまの代理で来られたのでしょう。粗末なものしかございませんが、多少はおもてなしを」

「いや、いいのだ。こちらこそ、たびたび迷惑をかけて済まぬ」

「お気づかいは無用です。和尚さまからのご依頼は、兄にとっても私にとっても、本来の仕事のひとつですから」

呂秀は、鉄瓶を囲炉裏にかけて湯を沸かし、湯のみに注ぎ、慈徳の前に置いた。

それから自分も床に腰をおろし、姿勢を正して訊ねた。

「さて、このたびは、どのような物の怪が現れたのでしょうか」

「今日は物の怪、あやかしの類いの相談ではないのだ」と慈徳は応えた。「燈泉寺の井戸に妙な噂が立ってな」

「噂、ですか」

「あの井戸は、そなたもよく使ったであろう」

「はい、お寺で修行させて頂いたときに」

「あれに『見る者の吉凶を映す鏡だ』という噂が立ってな。それを確かめようとして、村人が押し寄せているのだ」

二

燈泉寺の井戸は、寺に住む僧や小坊主が日々の暮らしに使っている。特に変わった謂われもなく、怪しい出来事も起きていない。

ところが秋口から、この井戸に奇妙な噂が立ったという。

燈泉寺の井戸を覗いて水面に自分の顔が映ったならば無病息災、何も映らなければ覗いた本人が三年以内に死ぬ――という、なんとも物騒な噂であった。

寺の僧たちは、日々、井戸の水位や濁り具合を確かめ、水を汲みあげている。異変があればすぐにわかる。皆が何もないと言っているのであれば本当に何もないのだ。

ところが、噂を信じた参拝客が井戸に押し寄せた。小坊主たちは困り果てているという。皆、井戸を掃除や洗濯や食事の支度に使っているのだ。人々を追い払い、吉凶を占えるという噂は本当なのかと問われれば、

「何もございません」

と、そのつど否み続けるのだが、これがなんとも煩わしい。

小坊主たちは貞海和尚に、「いったい、どうしたものでしょうか」と訴えた。

高齢の和尚は慌てず騒がず、小坊主たちの悩みを聴き終えると、まず問うた。「噂が流れ始めたのは、いつ頃か」

「稲刈りが終わり、秋祭りが済んだ時分からでございます」

「夏にはなかったのだな」

「はい。暑い盛りに井戸のまわりで騒いでいたのは、絶え間なく鳴き続ける蟬ばかりでした。鈴虫、松虫が鳴き始めた頃にも、まだ、そのような話は聞いた覚えがありません。秋が深まり、猿楽一座が神社に舞を奉納するために村へ参った頃、噂が立ったようです」

「井戸を覗き、ご不幸に見舞われた方はおられるか」

「いまのところは、まだ、どなたも。ただ、映るはずの顔が見えなかったと訴えた方はおられて、ずいぶん怯えていたので、慈徳さまが仏さまの教えを説いて下さいました。

『心が鎮まるまで何度でも寺を訪れなさい』と諭して、お帰り頂きました」

貞海和尚はうなずき、未だに不安げな小坊主たちを見まわすと、優しく促した。「ご苦労であった。では、皆、持ち場へ戻りなさい。それから、あとで慈徳を連れてきておくれ。噂の出所を押さえて、皆さまに安心してもらおう」

「かしこまりました」


「というわけで」と慈徳は続けた。「『噂の出所を突きとめ、律秀どのに謎を解いてもらえ』と和尚さまから命じられ、ここへ参ったのだ」

「これはまた、奇妙な噂でございますね」

呂秀は首をひねった。

自分が燈泉寺で修行していた頃、こんな噂が流れたことはなかった。

あの井戸の姿は、いまでも鮮明に思い出せる。

石造りの四角い井筒に、屋根つきの釣瓶竿と滑車。なんの変哲もない井戸だ。

夏にはちょうどいい案配に木陰となり、濡れた井筒のそばには、よく青蛙がうずくまっていた。

暗い雰囲気はなく、日々の暮らしに溶け込んだ風景以外の記憶はない。満杯にするとずっしりと重くなる桶を、汗をかきながら繰り返し井戸の底から引き上げた――いまとなっては、懐かしさすら覚えるほど遠い思い出になっている。

呂秀が、「とりあえず、井戸を拝見いたしましょう」と返事をしたとき、草庵の入り口で物音がした。しばらくすると、呂秀と慈徳がいる場へ、ひとりの若人が姿を現した。

呂秀の兄、律秀であった。

律秀は出家していないので総髪（そうはつ）のままだ。今日は着古した萌黄（もえぎ）色の水干（すいかん）を身にまとっていた。整った面立ちに朗らかな笑みを浮かべると、律秀は慈徳に向かって「おお。また、金儲けの話を持ってきてくれたのか。ありがたい」と軽口を叩いた。

慈徳は眉根を寄せて律秀を見返した。「品のない物言いをなさるな。貞海和尚さまからのご依頼ぞ」

「和尚さまからといえば、いつものあれだろう。今回はどこから銭（ぜに）が出るのかな」

「出るかどうかはわからぬ。誰かが出せるのかどうかも、まだわからぬ」

「どういうことか。それは」

律秀と慈徳が顔を合わせると、いつもこんな具合だ。本気で言い争っているわけではなく、ただのじゃれ合いだとはわかっていたが、呂秀は横から口を挟んだ。「私が兄上の代わりに先にうかがっておりますので、かいつまんで話します。実は――」

呂秀があらましを話すと、律秀はすぐにうなずいた。「その件であれば、私もいま外で相談を受けた」

「どなたから」

「順々に話そう。噂に困っているのは、寺の者だけではないようだ」

律秀は床に腰をおろし、あぐらをかいて呂秀に訊ねた。「ところでおまえは、この話に『物の怪の気配』を感じるか」

「実際に井戸を覗いてみなければなんとも。兄上はどう思われますか」

「簡単な理（ことわり）で得心がいくのではないかな。まず、ひとつ。私は、これと同じ噂をよそでも耳にしたことがある」

「よそとは」

「たとえば阿波国（あわのくに）、たとえば高野山（こうやさん）。これは、古い井戸がある寺では、よく聞かれる言い伝えなのだ。細かい部分は違うが、もととなる話はだいたい似ている。こういう面白い話は、全国を巡る声聞師（しょうもじ）が旅先で話したり、寺から寺へと行き来する僧が仏教説話に取り込んだりする。そうやって、ひとつの話が全国へ広がり、それぞれの土地で似た言い伝えとなって定着するのだ。このたびも、秋祭りのあとから噂が流れ始めているだろう」

「はい、慈徳さまからは、そのようにうかがいました」

「つまり、祭りの頃に、その話を村人に教えた者がいるわけだ」

「誰ですか」

「猿楽師」

収穫の祭りの頃には、神社の祭祀として猿楽や狂言が演じられる。

この村にも人気の一座が毎年やってくる。もうすっかり顔なじみなので、舞台をおりたあとでも、酒宴などを通して村人と交流がある。

「ここで薬草の検分をしていたら、若い猿楽師がひとりやってきて、相談にのってほしいと声をかけられた。そわそわと落ち着かぬ態度で、人目につかぬ場所がいいとまで言うので、外へ出て草庵の裏手で話をしておったのだ」

「何を話したのですか」

「秋祭りのときに村人から面白い話をせがまれ、巡業先で見聞きした物事を、酒の勢いに任せて気前よく語ったそうだ。ただし、『燈泉寺の井戸で吉凶を占える』とは言わなかったそうだぞ。どこそこの国に吉凶を占える井戸がある、という話を口にしたところ、村人のあいだでその話に尾鰭（おひれ）がついて、『もしかしたら燈泉寺の井戸でも』とか『燈泉寺でもそうらしい』と、次第に内容が変わっていったようだ」

「なるほど――」

「猿楽師は自分の行いをひどく悔やんでいた。まさか、この地の話として広める者がいるとは思わなかった、いまさらではあるが、どうすればいいだろうか、と」

慈徳が憤然とした口調で割り込んだ。「ならばその猿楽師は、まず、燈泉寺へ謝りに来るべきであろう。なぜ、そうしないのだ。そなたのところへ行くのは筋違いではないのか」

「燈泉寺の件をきっかけに、近場の神社からも不興をこうむっては、来年から、一座が秋祭りの祭祀に呼ばれなくなってしまう。一座にとっては暮らしに関わることだ。これはまずいと、私に仲裁を頼みに来たのだ」

「仲裁は、律秀どのの務めではなかろう」

「堅苦しいことを申されるな。私は薬師であると同時に法師陰陽師だ。ようするに、ただの萬引き受け屋だ。目の前に困っている者がいれば、どのような些細なことでも首を突っ込んで解決する」

「しかし」

「それよりも気になるのは、本当に『水面に顔が映らなかった者』がいることだ。ただの噂だったものが、その通りになったわけだから」

「確かにそれは気になる。事の次第を教えても、ひとたび気に病んだ者は、そう簡単には納得するまい」

「では、実際に井戸を覗いて、これからの方策を考えよう」律秀は床から立ちあがり、続けた。「私にも、いろいろと思うところがある。それを確かめるとしよう」

薬草園と燈泉寺とは、さほど離れていない。

世間話をしながら歩いていくと、話の途中で到着してしまうほどだ。その途上で、律秀は自分の見解をつまびらかにした。

「井戸を覗いたときに水面に顔が映るのは、池や水溜まりに景色が映るのと同じ理だ。しかし、いつも同じように映るわけではない」

薬師である律秀は物事の理にこだわるので、いつも、このような物言いをする。「陽射しの強さ、空にある雲の量、まわりにどれくらい陽の光を遮るものがあるか、風で水面が波立っていないか——。さまざまな事柄が、水面に映る影の鮮やかさを決める。季節によっても見え方は変わる。いまは秋だ。夏の時分と比べると、ずいぶん斜めに光が入ってくる」

呂秀は訊ねた。「つまり、場合によっては影が映りにくいわけですか」

律秀はうなずいた。「暇なときに桶に水をはり、水面に手をかざしたり、近くにあるものを映してみよ。日を変え、時を変え、繰り返し、さまざまな条件で得た物事を細かく記すのだ。影の映り方に違いが生じるのがわかる」

「そこから、どのような理が導き出されますか」

「記録の数が多ければ多いほど、さまざまな理が見えてくる。病者を診るときの要領と同じだ。どんな薬を選び、何を方じ、どのように効いたか。これらを細かく書きつけておけば、次なる診断の助けとなるだろう。それと同じだ。まあ、井戸の件について言えば、たいていの場合、誰でも自分の顔が見えるのだ。深く掘った穴の底にある水は風による乱れを受けにくい。そして、井戸の底は暗いから水が鏡のようになりやすい」

「では、見えなかった方がいるのはなぜでしょう。お日様の高さのせいですか」

「それもあるかもしれんが、私なら、まず、覗いた本人に原因があったのではないかと疑うな」

「本人に原因が――」

燈泉寺まで辿り着き、慈徳が門を開くと、三人はまっすぐに井戸へ向かった。

陽はいま一日で最も高い位置にある。空はよく晴れていたので井戸の近くも明るい。古びた井戸のまわりは湿り気を帯び、井筒と地面とが接するあたりには苔が青々と生えている。

律秀は悠然と井戸を覗き込み、「おお、よく見えるぞ。己の顔が、くっきりと」と言ったあと、慈徳と呂秀にも同じようにしてみろと促した。

次に覗いた慈徳も、「いつもと同じだ。私にも見えた」と言い、呂秀に場所をゆずった。

呂秀がこれを覗くのは久しぶりだ。春先に寺から薬草園へ移り、以来、ずっと忙しい日々を送ってきた。寺を再訪する機会を逸していたのだ。

燈泉寺の井戸は日照りの頃にも水位が下がらない。大昔、地鳴りの前に水位が下がったり水が濁ったりした記録が残されているが、呂秀自身はそのような様は見ていない。

律秀は呂秀の背中から声をかけた。「どうだ。きちんと見えるだろう」

「ええ、まあ」

言葉を濁しつつ、呂秀は井戸端から離れた。平静を保っていたが、胸の奥では心臓が激しく脈打っていた。その音が外まで洩れるのではないかと思えるほどに。

――見えなかったのだ。

他のふたりには普通に見えた己の影が、呂秀には見えなかった。

同じ条件で覗いているのだから、呂秀にも同じように見えねばならない。そうでなければ理にかなわない。

そして、自分の顔が映っていないのに、別のものは鮮明に見えたのだ。

鬼の顔――であった。

いや、本当に鬼かどうかはわからない。何か異形のものだ。それが呂秀に向かって、にやりにやりと笑っていた。井戸の底だから水が揺れるはずもなく、自分の影が揺れているわけではないのは明白だった。

その上、怯える呂秀の耳元で何者かが囁いたのだ。

——今夜、行く。待っておれ。

肌が粟立ち、どっと汗が噴き出した。

ああ、また聞いてしまった。いつものあれだ。

他人に話してもわかってもらえない、自分だけが見聞きしてしまう諸々の怪異——。

言葉を失った呂秀の隣で、律秀は理を語り続けていた。「水鏡で自分の顔を確かめられない場合には、もうひとつ理由が考えられる。それは本人が、なんらかの病に冒されて目を悪くしているときだ」

慈徳が「うむ」と声を洩らした。「それは私も少し考えた。だが、私は医術を知らんので、なんとも判断できず——」

「井戸の底までは遠いだろう」と律秀は続けた。「歳をとると目が悪くなるから、そういう者はこの距離では明瞭に見えぬだろうし、残りの寿命も短い。井戸を覗いた年から三年以内に亡くなっても不思議ではない。もうひとつは、覗いた者が若くとも、眼病に罹っている場合だ。目の病は目だけに異変があるのではなく、内臓に病が隠れていることが多い。漢薬の書では、このようなときには、まず内臓の不調を疑えとある。肝と腎の具合をよく調べろと」

「なるほど」

「慈徳どの、井戸に顔が映らなかったと言った者を、明日にでも寺の療養院に集めてくれないか。病態を診てから、場合によっては薬を方じよう。そのときに病の平癒も祈願する。鬱念を散じてやれば、薬もいっそう効くはずだ」

律秀の申し出に、慈徳は素直に瞳を輝かせた。「ありがたい。私の教えだけでは、皆、なかなか納得していない様子だったのだ。律秀どのが処して下さるなら、皆の気持ちも落ち着こう」

貞海和尚と話し合って手筈を整えるので私はこれにて、と頭を下げると、慈徳は足取りも軽く本堂へ向かった。

律秀は楽しげにその背中を見つめたあと、振り返って呂秀に声をかけた。「さあ、草庵へ戻るぞ。薬草の整理を続けねば」

三

その夜、草庵の寝所で横たわってからも、呂秀はなかなか寝つけなかった。

板張りの床に薄い畳を置き、体には小袖をかけていたが、深秋の寒さは床下から這いのぼってくる。だが、眠れないのはこの寒さのせいではなかった。

昼間は口にできなかった、あの奇怪な体験が呂秀の心を脅かしていた。

呂秀には幼い頃から不思議な力があった。

物の怪が見え、その声が聞こえるのだ。

仏門に入った理由のひとつがこれだ。邪悪なものを退けるには、自分で祈禱の手順を知り、揺るぎない信仰心を持つしかなかった。

物の怪を退ける祈禱ができる者を、地方では「法師陰陽師」と呼ぶ。京の都で陰陽寮に勤めている陰陽師とは性質が違う。官人ではないし、天文博士でもない。

播磨国の法師陰陽師は平地や浜の近くに住んでいる。庶民を相手に、病者を診て、薬を方じ、祈禱によって物の怪や禍を退ける。いわば、まじない師に近い存在である。寺ではなく薬草園で働いている呂秀は、僧であると同時に、この法師陰陽師でもあった。

いっぽう、北の山には廣峯神社があり、陰陽師はここでも働いている。こちらにいる者は、都の陰陽師と同じく、太陽や月や星の動きを調べて記録を作ったり、占いや祈禱を行ったりするのが仕事だ。律秀は、ここで陰陽師としての知識を学んでいたが、ある事情から山を下りて、薬草園で働くようになった。

このような経緯があるため、律秀もまた呂秀と同じく「法師陰陽師」を自称していた。僧ではないので、読経したり護摩を焚いたりはしない。自ら祈禱を行う必要がある場合には、狩衣をまとって烏帽子をつけた。つまり、神社の陰陽師に近い格好をして、そこで行われる祈禱の作法を用いた。

依頼者の都合に合わせて、呂秀と律秀は、自分たちの役目や、ふたつの祈禱方法を使い分けていた。今回のような場合だと、律秀が薬師として病者に漢薬を方じ、そのあと、呂秀が護摩を焚いて平癒の祈願を行う形となる。

そして、法師陰陽師といっても、本当に物の怪が見える者はそう多くはない。

呂秀以外の法師陰陽師で、物の怪が見える者は、このあたりでは誰もいなかった。

律秀ですら、見えない側なのだ。

律秀は、祈禱の手順を正しく覚え、正しく再現しているだけである。それでも祈禱が効いてしまうのだから、なんともうらやましい話だ。どうやら物の怪を退ける力があることと、それが見える見えないという話は、まったく別の問題らしい。

呂秀の「見えたり」「聞こえたりする」性質を、律秀は兄として、子供の頃から気にかけてくれていた。

しかし、自分が体験できないことを、我がことのように想像するのは難しい。律秀は、呂秀の体のどこかに病があるのではないか、それが幻を見せているのではないかと疑い、懸命に医書を調べ、さまざまな治療法を案じてくれた。

残念ながら、呂秀には、どんな薬も効かなかった。

病気ではないのだから当然とはいえ、兄には気の毒な結果になってしまった。

万策尽きた律秀は、そのとき、「わからん、どうしてもわからん」と叫ぶと、やにわに机の前から立ちあがり、傍らに積みあげていた医書の山を蹴飛ばした。

内外から集めた大量の書物が、けたたましい音をたてて板の間に崩れ落ちた。

呂秀があまりの申し訳なさに縮こまっていると、律秀は突然、さっぱりとした明るい面持ちをつくり、大声で言った。

「見えるものは見える、聞こえるものは聞こえる。それでよいのではないか」

呂秀が虚を衝かれた面持ちで兄を見つめると、律秀は自信たっぷりの笑みを返してきた。「在るものを無にしようとするから悩むのだ。在るものは在る。誰に見えずとも在る。それを気にする必要はない、ということにしておこう」

「このまま見えていても、差し支えないのですか」

「そもそも、本当に差し支えがあるのかどうかもわからん。おまえは人よりも目がよく、耳もいいわけで、つまり、これは希有な才能なのだ。むしろ、この力を大いに使う道を考えよう」

手の打ちようがなくてあきらめた、というのが正直なところだろう。そう考えると、理を追究する者としては敗北であったはずだ。ところが律秀は、なぜか、とても楽しそうだった。

それを見た呂秀も、心の重しがとれ、すっと体が軽くなった。

自分の奇妙な性質を、ありのままに受け入れると言ってくれた律秀を、何よりも頼もしく、うれしく感じた。

以来、呂秀は「自分はひとりではない」と安堵し、律秀の心を信じ続けている。

だからこそ、見たものについて、口にできないときもあるのだ。

今日の一件も、話せば、律秀は本気で心配してくれただろう。

それはありがたいのだが、あの鬼が、もし兄に禍をもたらしたら――と思うと、正直に告げられなかった。鬼の笑い顔が、あまりにも邪悪に見えたせいだ。

――禍がもたらされるなら、私ひとりで受けとめよう。

そう思い詰めたまま、呂秀は床の中で鬼の訪問を待ち続けた。

夜も更け、微睡みから深い眠りに落ちる寸前、板張りの廊下が何度も鳴る音を聞きつけ、呂秀はまぶたを開いた。

耳を澄ますと、目方のある何かが廊下を歩いてくるような音が伝わってきた。

置き畳から上半身を起こし、小袖を膝にかけたまま、耳をそばだてた。

隣で寝ている律秀は少しも動かない。静かに寝息をたてている。

やがて、寝所の戸板が一枚するすると横に動き、人ひとりが通れるほどの幅まで開いたところで、ぴたりと止まった。

向こう側に何かが潜んでいる気配があった。

秋の夜にしては生ぬるい風が吹き込んでくる。水と土の匂いが鼻をついた。

呂秀は自分から声をかけた。「私に、なんの用ですか」

すると闇の中から返事があった。「わしを使わぬか」

「使うとは」

「ここからずっと東へ行った先に、中西という土地がある。正岸寺という寺の近くだ。わしは、その側にある井戸を住み処にしておるが、長いあいだ、新しい主を求めてさまよってきた。おまえは、わしの望みによくかなう」

「なるほど。そなたは、主を失った式神なのですね」

「いかにも」

式神とは陰陽師が使役する魔物の一種である。都の有名な陰陽師だけでなく、播磨国で暮らす法師陰陽師の中にも、これを使える者がいるという。呂秀は物の怪を見る目は持っているが、自分で式神をつくったり放ったりした経験はなかった。

呂秀は相手に訊ねた。「もとの主は」

「蘆屋道満さま。おまえの古い血縁にあたる方ぞ」

呂秀は驚きのあまり、続けるつもりだった言葉を呑み込んだ。

道満は、いまから三百年以上前、播磨国にいた優れた法師陰陽師だ。幼い頃より才能を発揮し、この播磨の地で村人のために祈禱を行っていた。常に庶民の味方であったので、大変、慕われていたという。

あるとき、道満はその才能を見込まれ、京の公家(くげ)から請われて都へのぼった。若くて力があった頃の話だ。しかし、行った先で当時の権力者であった藤原氏一族の政争に巻き込まれ、政敵に呪詛(じゅそ)をかけたと疑われて、都から追放されてしまった。

故郷へ戻った道満は、再び庶民のために仕事を続け、その子孫が、いまでもこの地で法師陰陽師として働いている。この薬草園も、道満一族が開いたのだ。

「確かに、私は蘆屋の血を引いているらしいのですが」呂秀は遠慮がちに答えた。「とても遠い縁だと聞かされています。正統な血を引く方は蘆屋道薫(どうくん)さまといい、いまは薬師として、この国の守護大名である赤松満祐(あかまつみつすけ)さまに仕えておられます。その方と比べると、私の血はかなり薄いのですよ」

「ここらの法師陰陽師で、わしの姿が見えるのはおまえだけだ」と式神は言った。「いくら血が濃くとも、何も見えぬ者には仕えようがない。わしは、おまえが法師陰陽師としての力をじゅうぶんに蓄えるまで、じっと待っておったのだ。寺での修行を終えた頃から、いい具合に力が溜まってきておるわ。道満さまがわしを井戸に閉じ込めてから、今年で、ちょうど三百二十二年目になる」

「閉じ込められたとは――。そなたは道満さまの命に背き、怒りでもかかったのですか」

「いや、違う。道満さまは都へのぼるとき、人の政争にわしを巻き込むまいとして、わざと、わしを正岸寺の井戸に封じていったのだ。都の陰陽師の術で消されてしまわぬようにとな。だが、わしはこの身が朽ちるまで道満さまにお仕えすると誓った者だ。おとなしく引き下がれなかった。何度も井戸の底から飛び出し、道満さまをお助けするために都を目指して地を駆けたのだ。ところが途中で地蔵が結界をはっておってな。どうしても京へ向かえぬのよ。法力にはじかれ、地蔵がいる場所から東へは絶対に進めなかった」

闇の向こうから、ぎりぎりと牙を嚙み合わせる音が響いてきた。折れてしまうのではないかと怖くなるほどの激しさだ。「わしは毎日、地蔵にぶつかっては跳ね返され、とうとう、道満さまのもとへ駆けつけられなかった。わしが自由に動けるようになったのは、道満さまが都から追われ、この地へ戻り、亡くなられてからだ」

そのくだりは呂秀も知っていた。播磨国に戻った道満は、以前と同じように庶民のために地道に働いていたが、ある日、都から追ってきた陰陽師に戦いを挑まれ、山中で激しく術を使い合った末、相討ちとなったという。その場所にはふたりの墓が作られ、いまでもこの地では大切にされている。

式神が語った話は、呂秀が知っている蘆屋道満の人物像とも、よく一致している。にわかには信じられない話ばかりだったが、式神の声音には胸に迫る切実さが感じられた。

道満は、いまでも都人からは悪し様に言われる法師陰陽師だが、故郷である播磨国では、道満の悪口を言う者などひとりもいない。それどころか、庶民のために尽くしたことで名高い人物だ。式神にすら情けをかけたという話は、いかにも道満らしい人柄を思わせる。

通常、陰陽師は式神をただの道具として使うだけだ。

けれども、この式神と道満とのあいだには何か特別な縁があったのだろう。

使われる者と使う者といった関係を超えた、深い心のつながりが。

それがなんであるのか、呂秀には見当もつかなかった。が、三百年以上たってもこの式神の情念が消えぬとは、よほど濃い想いであったに違いない。

式神は続けた。「主を失ったわしは、法力の道具としての立場からは解放されたが、無念が募ってこの世から消えられぬ。だから、道満さまの血を引く次の主がほしいのだ。もっとも、主がほしいというても誰でもいいわけではない。わしの姿が見えるほど霊力が強く、わしを仕えさせるほど呪法に長けておらねばならぬ。おまえは、それにぴったりとかなう」

戸板の向こうで、答えを求めるように何かが大きく身じろぎした。だが、相変わらず、こちらへ近づこうとはしない。

おそらく、こちらとあちらのあいだには、呪術的な一線が引かれているのだ。

正しく主従が成立し、こちらがあちらに名づけを終えるまで、式神はその一線を越えられぬのだろう。

呂秀は慎重に切り出した。「法師陰陽師としては、私の兄の方が優れているはずですが」

「そやつなど話にもならん」式神は不機嫌そうに唸った。「わしの姿が見えぬだけでなく、心のどこかでは物の怪そのものを信じておらん。法師陰陽師としてあるまじき奴だ」

心底嫌そうに言うので、呂秀は思わず噴き出しそうになった。

律秀はすべてを理で解き明かすのが生き甲斐だから、確かに、物の怪からは最も遠いところにいる者だろう。

人から「居る」「在る」と信じてもらえなければ、物の怪は存在していないも同然だ。

何も見えない律秀は、そばに何がいようが、いつも平然としている。

物の怪を退ける手順に詳しいだけでなく、そのような態度でいること自体が物の怪どもを脅かすのだろう。

式神は続けた。「秋祭りのとき、わしは猿楽師の体に取り憑き、唇を借りて、井戸の噂を語らせた。そのあと、村人の口も借りて噂に尾鰭をつけさせた。怪異の話が広まれば、おまえたち兄弟が出てくるのはわかっていたからな。あとは燈泉寺の井戸の底で、おまえが来るのを待っていればよかった」

「まわりくどいことをせずとも、じかに参れば私が対応しましたのに」

「まずは、おまえの性根を確かめておきたかったのだ。わしに怯えるようなら、また別の者を探さねばならん。弱い陰陽師に仕えるのは退屈だ」

物の怪に誉められてもうれしくはない。

不思議な気持ちになるだけである。

呂秀は苦笑いを浮かべた。「つまりそなたは、果たせなかった想いを果たしたいのですね。このまま放っておけば、そなたは己の情念に焼き尽くされ、悪しきものに変わってしまうから」

「左様」

呂秀はしばらく口をつぐみ、考えを巡らせていた。

式神の話が本当なのかどうか、いまは、まだ判断できない。

もし、この式神が「上手な作り話で人を騙す邪悪なもの」であったとしたら、この先、何が起きるかわからない。僧であるこちらの身を利用して、大勢の者に、禍をもたらすつもりかもしれないのだ。

そうなったら禍を受けるのは呂秀だけではない。周囲にいる者をすべて巻き込んでしまう。

胸の奥で心臓が激しく鳴っていた。

こんなとき、兄ならどうするだろう。

兄なら、どんな結論を出すか。

考えても考えても、答えを見いだせなかった。

相手が醸(かも)し出している威圧感の強さから考えると、いまの自分の法力では退けられないかもしれない。対処を間違えると相手はこちらを殺し、この体をのっとってしまうだろう。そうなったら手に負えない。

だとすれば、方法はひとつしかない。

名をつけ、かりそめであっても、いったんは、こちらの法力の支配下に置くのだ。

深く息を吸って気持ちを落ち着かせると、呂秀は、祈禱を行うときのよく響く声で命じた。「ならば、来なさい」

「よいのか」と式神が訊き返した。

呂秀は強くうなずいた。「私がそなたの新しい主となりましょう。そして私が死ぬときには、直前にそなたを、この世から綺麗さっぱり消してあげましょう。わずかな後悔も残らぬように」

「そこまでやってくれるのか」

「ええ、約束します」

式神は歓喜に満ちた叫び声をあげた。「では、わしに名前をくれ。おまえのものとなるために、わしに新しい名前をつけてくれ」

呂秀は、すかさず答えた。「秋津（トンボのこと）が飛ぶ季節に出会ったので、『あきつ鬼』と名づけます。ひらがなの『あきつ』と『鬼』という字の組み合わせです」

名は、与えられたものの性質を決める。

儚く小さな虫の名をつけたのは、式神の魔力を少しでも減じるためだ。

恐ろしい名前、強そうな名前を与えてしまうと、それに相応しい魔物になってしまう。

だから、あきつだ。

式神はまったく反論せず、楽しそうに応えた。「『あきつ鬼』か。承知した。これからはそう呼んでくれれば、いつでも姿を現そう」

「よろしく頼みます」

すると、戸板の向こうに隠れていた影が、ようやくぬっと姿を現した。

呂秀は息を呑んで相手を見あげた。

鬼だ。

鬼としか言いようのない存在だ。

身の丈は天井に頭がつっかえるほどもあり、窮屈そうに、ずいぶんと背を丸めている。

体軀は百鬼夜行絵巻に描かれた鬼たちよりも逞しく、肌は燃えるように赤い。それだけでなく、体中が龍の鱗じみたものに覆われている。鱗は闇の中でも煌めいていた。腕は四本もあって、脚は大樹の幹のように太い。腰から下は猪や熊のように剛毛に覆われ、長い尻尾が床に向かって伸びていた。人に似ているが人ではない相貌（そうぼう）。大きなふたつの目と、その上方にある小さなふたつの目が爛々（らんらん）と光を放ち、鼻は鷲のくちばしのようで、口は大きく裂けて二本の牙が突き出している。

小さな生き物の名にしておいてよかったと、呂秀は袖口でこめかみの汗を拭いながら思った。もし強い名を与えていたら、いったい何が起きたことか。

だが、これほどの異形を、なぜ道満は都に同行させなかったのだろう。これを使えば、一流の陰陽師とも戦えただろうし、都からの追っ手も退けられたはずだ。それなのに、なぜ、この者を安全な場所へ逃がし、たったひとりで都からの敵に立ち向かったのか。

――いや、いまは問うまい。

道満は「播磨国随一の法師陰陽師だった」と語り継がれている人物だ。なんの考えもなく、この式神が語った選択をしたとは思えない。きっと深い事情があったのだ。

そして、もし式神が語った過去がまことであるならば、その情の深さゆえ、この式神はいまでも道満を忘れられぬのだろう。私が主となってすら、この者は、いつまでもかつての主を想い続けるに違いない。

だが、それでいい。

私もずっと知りたかったのだから。

この薬草園を最初に開いたのは道満一族だという。

貞海和尚から、そう聞かされた。

自分の遠い先祖にあたる蘆屋道満とは、いったいどのような人物だったのか。詳しく知りたいと願い続けてきた。この式神が自分のもとを訪れたのも何かの縁だ。自分が引き受けるのは正しい選択だろう。

四

翌日、律秀は療養院に赴き、慈徳が相談にのっていた病者を診た。

燈泉寺の僧たちは、いつも療養院の設備を整え、掃除もしてくれている。薬師は呼ばれたときだけ訪れ、病者が増える季節には何人かが集まって対応する。

井戸に顔が映らなかったと怯えていたのは、律秀が予想していた通り、年嵩の男が三人。そのうち特に老いた者はひとりだけで、残るふたりは四十を超えた歳だった。

律秀は三人に対して、ひどい喉の渇きはないか、小便の量が極端に増えていないか、などと訊ね、体の冷えや痺れの有無を調べ、腹部に触れて弾力を確かめた。

診察を終えた律秀は呂秀の顔を見ると「八味圓を」と言った。

呂秀はうなずき、律秀の指示に従って薬箪笥から薬を取り出した。

八味圓は丸薬だ。

一粒ずつ数えて処方する。

『和剤局方』で指定されている生薬としては、白茯苓、牡丹皮、沢瀉、熟乾地黄、山茱萸、山薬、附子、肉桂が含まれている。

しばらくこれを飲んでもらい、症状の変化に合わせて薬を変えていく。

一日分を数回に分けて食事の前に飲むこと、体調に異変があったときにはすぐに飲むのをやめて寺まで相談に来ることなどを伝えたあと、律秀は平癒の祈願も一緒に行うと三人に告げた。これを行っておくと薬がよく効くのだと言われた病者たちは、ほっとした面持ちで肩から力を抜いた。

呂秀が横から言葉を添えた。「この祈禱にお金は必要ありません。薬代も米か野菜で払って頂ければじゅうぶんです。無理のない量で構いません」

弟の言葉に律秀は微かに顔色を変えたが、傍らに控えていた慈徳が睨みつけたので、すぐに爽やかな表情に戻った。

律秀は慈徳の耳元に唇を近づけると、「今回は寺からの依頼であったので、不足する分の支払いについては和尚さまによろしく」と囁いた。

慈徳は平然とした面持ちで「話だけはしておこう」と応えた。

「頼むぞ。薬師と法師陰陽師を兼ねるには金がかかるのだ」

「そなたが都で夜遊びに使いたいだけであろう。無駄には出さぬぞ」

「不足する分だけでいい。たいした額にはならんはずだ」

薬の処方を終えると、呂秀は僧衣の上に袈裟をつけ、皆を療養院内の祈禱所へ案内した。

祭壇の前で病者たちに頭を下げ、皆には、そのまま板張りの床に座ってもらった。

呂秀も祭壇に向かって座ると、衣の裾を整え直し、数珠を手にとって護摩を焚いた。

香の匂いを胸の奥まで吸い込み、朗々と読経を始めると、呂秀自身の心も鎮まっていった。頼もしく力強い言葉の数々は、聴く者だけでなく、呂秀の心からもすっぱりと暗雲を追い払い、清々しい境地へと運んでいった。

祈禱が終わって草庵へ帰ったあと、律秀は白湯を飲みながら呂秀に訊ねた。「昨晩、寝所に物の怪が来ていただろう。何を言われた」

呂秀は驚いて訊き返した。「兄上にも見えたのですか」

「違う違う。相変わらず私には何も見えんよ。夜中に、おまえが寝床から身を起こしてぶつぶつと独り言を言っていたので、ああ、いつものあれだなと思って、耳をそばだてていただけだ」

ほっとしたような残念なような気持ちを抱きつつ、呂秀は昨晩の話を律秀に語って聞かせた。

律秀は「蘆屋道満と式神の話なら私も知っている」と言った。「正岸寺のそばには確かに井戸がある。夜中になると、その井戸から燃える火が飛び出して、すさまじい勢いで飛ぶそうだ。昔から見た者が大勢いるという。あちらでは、その火を『道満の一つ火』と呼んでいるのだ」

道満の一つ火――。

呂秀がその言葉を口の中でつぶやくと、律秀は軽くうなずき、話を続けた。「道満さまの式神に対する気づかいや、式神が地蔵に邪魔されて都へ行けなかった――というくだりも、おまえが聞かされた話とまったく同じだ。その地蔵は、繰り返し式神に体当りされたせいで、いまではひどく傾いているそうだ」

「では、あの式神は、夢や幻ではなく」

「おまえに見えるのなら間違いなくいるのだろう。『あきつ鬼』と名づけていたな」

「はい」

「何かのときに貸してくれ」

「鬼を――ですか」

「直接、そいつを貸してくれという意味ではない。鬼を使えるようになった、おまえの力が必要なのだ」

律秀は白湯を飲み干し、微笑を浮かべた。「この世には、理だけでは解けぬ事柄もたくさんある。鬼は、そのようなとき役に立つに違いない」

湯のみを床に置くと律秀は置き畳から立ちあがり、土間へ向かった。収穫した薬草の検分に戻るのだ。

呂秀は、ふと、あきつ鬼が律秀に寄り添っている姿を想像してみた。

ふっと笑みがこぼれた。

律秀と式神が会話を交わす機会など一生ないだろう。だが、想像してみると、このうえなく微笑ましい光景だった。

呂秀はその場を片づけて庭先へ出た。

すると、あきつ鬼が畠のそばで待っていた。

夜中に見たときよりも体の色が薄く、向こうの風景が透けて見えている。

荒々しい姿に、呂秀はあらためて身震いした。

こうやって陽のもとで見ても、凄絶なばかりの異形である。

この鬼は、自分にとって味方なのか、それとも敵なのか。

いまは、まだ、はっきりとはわからない。

けれども名を与えた以上、しばらくは付き合わねばならぬ友だ。

あきつ鬼は、にやりにやりと笑いながら言った。「おまえの兄は、ちゃっかりした男だな。自分では鬼が見えぬくせに、おまえを通して鬼を使おうと言い出すとは」

「悪気はないので許してやって下さい」

「わかっておる。わしにとって必要なのはおまえだけだ」

「では、畠の見まわりについてきてくれませんか。私たちの仕事について、ひと通り説明しておきたいので」

畠のそばを歩きながら、あきつ鬼は興味深そうにあちこちを見やり、呂秀に訊ねた。

「この草花はどんな味がするのだ。苦いのか」

「たいていは苦いのですが、ほんのりと甘味を感じるものもあります。薬が病状や体質に合っていると、いっそう甘く感じたりもするそうです。今度、飲んでみますか」

「わしにも飲めるのかね」

「さあ、どうでしょう。試してみればわかりましょうが」

「おまえにも、兄のように、理で試そうとする部分が少しはあるのだな」

呂秀は鬼の顔を見て、にっこりと微笑んだ。「私も、法師陰陽師の端くれですから。ときには理を尊ぶのです」

――三宅村は陰陽師蘆屋道満及び其子孫の住めりし所にて、近年まで蘆屋塚といふがありし由なり、この道満は彼の有名なる天文博士阿倍晴明（※＝安倍晴明）と同時代の人にして、（中略）後に飾磨郡の三宅村に移りしものの如し、後世嘉吉元年に赤松満祐その裔道薫を赤穂郡城山に召して薬を乞ひしことあり、其後道仙なるもの英賀城の陰陽師となり、道善のときには種々の薬草を作りて往来の人々に施ししことあり、

（『沿革考証姫路名勝誌』より引用）

呂秀が式神に「あきつ鬼」という名を与えた日以降、正岸寺の近くで夜ごとに目撃されていた怪しき一つ火は、ふっつりと姿を消したという。

その後は、二度と、井戸と正岸寺の周辺には現れなくなったそうである。

第二話　二人静（ふたりしずか）

一

晩秋。

ある朝、薬草園の草庵を、ひとりの若い男が訪れた。

「過日(かじつ)はお世話になりました」丁寧に挨拶(あいさつ)するその男に、呂秀は首を傾げた。まったく見覚えがない。

が、律秀は若人の顔を見るなり、「おお、また来られたか」と声をあげ、薬箪笥を整理していた手を止めた。

男は深々と頭を下げ「先日は、皆さまにご迷惑をおかけいたしました」と言った。

この人物は名を竹葉(ちくよう)といい、地方を巡業する猿楽一座『寿座(ことぶきざ)』の者であった。燈泉寺の井戸の一件で、噂の出所となった人物だ。

申し訳なさそうに身を縮める竹葉に、律秀は「よい、よい。もう気になさるな」と朗らかに笑った。

呂秀も、「皆さま、もうお忘れですよ」と穏やかに言葉をかけた。

竹葉は、いわゆる人気の舞手ではないという。本人は真面目に努力しているのだが、舞台にあがれないときも少なくない。人気がほしい、皆から注目されたい――。その欲を抑えきれず、村人からせがまれるままに、面白おかしく、大袈裟な話をしてしまったのだ。

竹葉は恥ずかしげに目を伏せた。「まさか井戸の話に、あれほど尾鰭がついてしまうとは」

呂秀たちは既に知っているが、この一件には、物の怪が絡んでいたのだ。のちに呂秀が「あきつ鬼」と名づけることになった異形が、兄弟に近づくために、この若人に取り憑き、口を借りたのである。

人は欲を持つがゆえに、物の怪に心を惑わされてしまう。それに抗うのは至難の業だ。

呂秀は竹葉に訊ねた。「ところで、このたびは、どのような御用向きで」

「はい、実は、病を診て頂きたく」

「ならば、こちらへあがって下さい。すぐに兄が診て、漢薬を方じます」

「いえ、具合が悪いのは私ではなく」竹葉は慌てて手をふった。「私の一座にいる別の舞手です」

「詳しくうかがえますか」

「腰と膝に痛みがあるそうです。近頃では稽古にも支障が出るほどで。しかし、本人が『これぐらい、たいしたことはない』と言い、薬師にかかろうとしないのです。稽古をつけている年長者までもが、『痛みが生じるのは舞の技が未熟なせいだ。上達すれば痛みは消えるはず』と」

律秀が横から割り込んだ。「それはいかん。放っておいても、ますます病がひどくなるばかりだ」

「私もそう思うのです。傍から見ているだけでも、かなりつらそうなので」

「稽古をつけている方は、どんな方ですか」

「ご本人もりっぱな舞手です。よき導き手なのですが、近頃、妙に気分の波が激しくて」

「一座の者に手をあげる、とか」

「いえ、導きそのものは正しく、誰もがその方を信頼しております。それゆえ、横から口を挟みにくいのです」

何やら事情がありそうだ。薬師に対して不信感があるのか、あるいは、治療にかかる費用を心配しているのか。

結局、一座の長である常盤大夫が見かねて、竹葉に「薬師を連れてくるように」と命じたという。脇ではらはらしていた竹葉は、これを最良の機会と考え、再び、薬草園を訪れたのだ。

律秀はうなずき、「では、すぐにおうかがいします。準備があるから、あなたは薬草園の門の前で待っていて下さい」と告げた。

竹葉が草庵の外へ出てから、律秀は呂秀に声をかけた。「手伝ってくれ。これは少し面倒かもしれん」

「面倒とは」

「病の話だけでは終わらない気がする。やっかいな事情がありそうだ。私は人の情念が絡む話は苦手でな」

律秀は壁際の棚へ歩み寄り、書物をひとかかえ抜き出した。一冊ずつ床に並べてゆく。

「『和剤局方』は、病ごとに必要な漢薬を記述している。この通り、瘡（かさ）、腫れ物、切り傷、腰痛、骨折などの項目はとても少ない。腰や膝の痛みには、処方できる薬があまりないのだ」

「漢薬では効かないのですか」

「そのような意味ではない。効く範囲が狭く、薬草の種類が限られる」

ほら、と言って律秀は別の巻を指さした。「臓腑（ぞうふ）の病、女人（にょにん）の病、小児の病の巻は、とても分量が多いだろう。つまり漢薬は、こういう病には効きやすい。処方も細かく分類されている。腰や膝の痛みのうち、臓腑に原因がある場合には漢薬が有効だが、それ以外であるならば、腫れを抑え、痛みを消す薬を方じるだけだ。これでは舞を生業にしている限り、何度でも同じ痛みがぶりかえすだろう」

「しかし、診ぬわけにもゆかないのでは」

「うむ。とにかく、めぼしい薬をたずさえて、常盤大夫の屋敷を訪れてみよう」

律秀は着古した水干から外出用の素襖（すおう）に着替え、呂秀は野良着から僧衣に着替えた。土間で草鞋（わらじ）を履き、薬箱を手にすると、戸締まりをしてから竹葉が待つ門へ向かった。

二

一行は西へ進み続け、日が沈む前に常盤大夫の屋敷に辿り着いた。一座の者も住んでいるので、別棟として稽古場を備えた広い造りだ。

玄関をくぐり、長い廊下をわたって竹葉に案内された間で、呂秀と律秀は、常盤大夫と顔を合わせた。

橡色（つるばみいろ）の素襖を身にまとった常盤大夫は、屏風が置かれた板の間で、ふたりに向かって深く頭を下げた。

腰をおろした律秀と呂秀も、同じように丁寧に挨拶した。

常盤大夫は壮年の男で、顔は角張り、眉は太く、眼（まなこ）には澄んだ輝きがあった。幅の広い鼻と引き締まった口許は、運慶が彫りあげた仁王像を思わせる。しかし、口を開けば、その言葉づかいは柔和だった。

「先日は、燈泉寺の皆さまに竹葉がご迷惑をおかけしました。まことに申し訳ありません」

「いえ、お気づかいなく」律秀はにこやかに応じた。「堅苦しい話は抜きにしましょう。我らは病者を診に参っただけです。早速ですが、ご本人にお目にかかれますか」

「夕餉のあと、その者を呼び寄せます。まずは、ゆっくりとおくつろぎ下さい」

ふたりは客間へ案内され、そこへ運ばれてきた膳を頂いた。一番大きな器には麦と米を混ぜたご飯、皿には鯖の塩焼き、小鉢には青菜の煮物、椀には蛸の吸い物。飯櫃が脇に置かれ、好きなだけよそって下さいと言われた。朝に食べたきりでひもじかったので、ふたりは遠慮なく平らげた。

膳を下げるために女人が訪れると律秀は、「常磐大夫に、そろそろ始めますとお伝え下さい」と告げた。

呂秀と律秀は客間をあとにして、最初に通された場所へ戻った。

常磐大夫の他に、小袖と括り袴という出で立ちの男がふたり、先に座って待っていた。歳は六つほど差がありそうだ。一座における熟練の者と、実力をつけてきた若手という印象である。

年嵩のほうが先に挨拶した。「白扇と申します」引き締まった顔立ちと、頼もしさを感じさせるよく通る声には、竹葉から聞かされていた通り、後進を育てている者の貫禄が感じられた。「私は付き添いで参りました。腰と膝を痛めているのは、こちらの者です」

年下のほうが続けた。「蒼柳と申します」色白で細面、声の調子に強い緊張があった。心根の優しさの裏に、芯の強さも感じられる。「よろしくお願いいたします」

律秀はうなずき「では拝見いたします」と言った。「蒼柳どのは、私と一緒にあちらの屛風の裏へ。そちらで衣をお脱ぎ下さい」

歩み出す直前、律秀は呂秀の背中を軽く叩いた。診察のあいだ、常磐大夫と白扇の気をそらしておいてほしいという合図だ。自分たちの会話に聞き耳を立てさせないためである。呂秀は軽くうなずいた。

律秀たちが屛風の裏へまわると、呂秀は常磐大夫の向かいに座り、白扇の顔をそっとうかがった。年下の者を心配しているようには見えない。どこか冷たく、突き放した表情だ。口許に滲むのは苦々しさかもしれない。

――仲がよくないのだろうか。

若手を導く立場であれば、できの悪い弟子に苛立つこともあろう。だが、蒼柳は新入りの年齢ではない。厳しく叱って育てる段階は、とうに過ぎている。となると、相手の技量に対して妬みでもあるのか。

呂秀は白扇に訊ねてみた。「白扇どのは、最も長く一座におられるのですか」

「いえ、私よりも長い者は何人もおります。『翁』や『羽衣』などを、私には追いつけぬ技で舞われます」

「後進を導いておられると、うかがいましたが」

「成り行きで任されただけです。私とて修業中の身なのです」

「私も兄も、忙しくて、なかなか猿楽や狂言を拝見できません。寿座の名前は存じあげておりましたが、個々の皆さまのお名前も知らぬゆえ、もし滞在中にご無礼がありましたら、何卒ご容赦下さいませ」

「何を仰いますか。猿楽師など卑しい身分の者にすぎません。ご遠慮なさいますな」

常磐大夫が、にこやかに横から付け加えた。「白扇は一座にとって自慢の舞手です。ぜひ一度舞台で見てやって下さい。秋祭りのときだけでなく、夏には、薪を焚いて夜にも舞います。『葵上』や『鉄輪』や『安達原』など、背筋がぞくっとする怖い話をやりますよ」

すると、白扇が苦笑を浮かべながら言った。「呂秀どのは僧ですから、生き霊や呪いや人食い鬼の扱いには日々慣れておられるのでは」

「おお、そうじゃったな。これは失礼なことを」

呂秀は「いいえ、構いません」と応えた。「本物の物の怪を相手にすることと、猿楽の演目を楽しむことは別ですから」

しばらくすると、律秀と蒼柳が屏風の向こうから姿を現した。

蒼柳は、ずいぶん落ち着いた顔つきに変わっていた。普段は口にしがたい諸々も、薬師相手ならば話せたのかもしれない。勿論、律秀は秘密を固く守ると約束しただろう。

律秀は薬箱の隣に腰をおろし、常磐大夫に向かって言った。「肉や筋に疲れが溜まり、腫れている様子です。幸い、よく効く漢薬がございます」

薬箱の抽斗(ひきだし)をあけ、律秀は煎じ薬を詰めた袋を取り出した。「芍薬(しゃくやく)、甘草(かんぞう)、桂皮(けいひ)、当帰(とうき)などで痛みと腫れを抑え、葛根(かっこん)で体のこわばりをほぐします。こちらの薬を七日に分け、毎日煎じて、日に三回お飲み下さい。飲みきっても変化がなければ、もう少し強い薬を足してみます。よく効いているようなら、そのこともまたお知らせ下さい。完全に痛みが消えるまで、処方を少しずつ変えていきます。蒼柳どの、こちらへ寄って薬の匂いを嗅(か)いで頂けますか」

蒼柳は不思議そうに目を瞬かせた。「嗅ぐ、のですか」

「はい。嗅いでみてどう感じるか、お教え下さい」

両手で袋を開き、鼻を近づけてゆっくりと息を吸った蒼柳は、「いい香りがします。何か、こう、心が落ち着くような」

「ならば、よく効くでしょう。証が合っている漢薬は、口には苦くとも、香りは好ましく感じるのです。ただ、蒼柳どのの場合、稽古のしすぎが痛みの元となっているようですから、このまま舞い続ける限り、痛みは何度でもぶりかえします。やがては、薬も効かぬほどになるでしょう」

「では、では、どうすればよろしいのですか」蒼柳は声を震わせた。「私は、舞手としては、もうだめということですか」

「いいえ、そのような話ではありません。さきほどの見立てで、蒼柳どのは難しい舞に挑んでおられると聞きました。そのため、普通の稽古よりも姿勢が崩れ、体に無理な力がかかっているのです。そこを正せば痛みは消えます」

　律秀は視線を動かし、白扇の顔を見た。「ふたりの舞手が同時に同じ形を舞う――そのような珍しい作を稽古しておられるそうですね。いろいろと、ご苦労があるのでは」

　白扇は蒼柳の顔を一瞥してから、静かに応えた。「確かに簡単な作ではありません。しかし、寿座では、別の舞手によってこれまでも演じられてきました。河原まで見に来る方々にも人気があります」

「『二人静』という題名だそうですね」

「ええ」

「源義経の妾であった静御前が、死後もこの世に想いを残してさまよい、山中にて、神社に供える若菜を摘んでいた菜摘女の体に憑依する。そして、吉野山の勝手神社の神官に、己の回向を求めるという筋書きだとか」

「はい。その筋書きの中で神官が、菜摘女に取り憑いた霊に向かって、『そなたは本物の静御前ですか、本物ならば白拍子であるはずだから、ここで舞って、その証を見せて下さい。本人だとわかれば、ねんごろに弔いましょう』と語りかけるのです。霊はそれに応じて舞を見せますが、この場面から、舞台では、菜摘女と静御前のふたりの舞手が舞うのです。笛と鼓が音曲を盛りあげる中で、ふたりは同じ動きを見せたり、すれ違ったり、あとを追ったりと、さまざまな動きを披露します。ここが見せ場です」

　面に穿たれた覗き穴は、とても小さく、見える範囲は極めて狭い。自分の正面が、ほんの少し見えるだけだ。共に並ぶもうひとりの舞手の動きは、その狭い視野に入ってきたときしか確かめられない。だから『二人静』では、囃子方が奏でる音曲と地謡方の歌声だけを頼りに、舞台上の位置や動きを決めていく。ふたりが、ぴったりと息の合った動きを見せねば、舞が綺麗に決まらない。

　白扇は続けた。「ふたりの舞手は同じ装束を身にまといますが、片方は菜摘女、もう片方は静御前です。身分も気質も生き方も違う。その違いに気を配りながら舞いますが、舞台をどんと踏み鳴らすときには、完全に動きをそろえねばなりません。音がずれると見苦しい。囃子と地謡をよく聴きながら、ここぞというときに踏み鳴らします。単に踏むだけではいけません。舞台は音が鳴りやすく作ってありますが、それでも綺麗に響かせるにはこつがいる」

「その部分、見せて頂けませんか」

「いま、ですか」

律秀は常磐大夫に視線を向けた。「よろしいでしょうか。舞を拝見して、お体のどこに負担がかかるのか確かめたいのです」

「お安いご用です。白扇よ、ひとさし舞ってさしあげなさい」

「扇は寝所に置いて参りました」

すかさず律秀が言う。「そこは省略して頂いて構いません。扇をかえす仕草だけ、見せて頂ければ」

「囃子も地謡もございませんが」

「ないと舞えませぬか」

「いえ、そのようなことは」

常磐大夫が言った。「謡は私がやりましょう」

蒼柳があとに続けた。「鼓の音は私が手拍子にて」

「では」白扇はふたりに頼んだ。「『返す返すも恨めしく、昔恋しき時の和歌』――のあとからお願いします」

白扇は立ちあがり、すっと背筋を伸ばして右腕をひらりと振りあげた。小袖姿なので、袖はわずかに翻(ひるがえ)っただけだ。舞台であれば、金色(こんじき)の輝きを放つ唐織(からおり)の袖が大きく舞う場面である。

常磐大夫のかけ声と蒼柳の手拍子に合わせて、白扇はすり足で進んだ。体に芯が通っており、どのような仕草をしても軸がまったくぶれない。見えない扇を支える手も同じだった。上半身の姿勢を保ったまま、どんっ、どんっ、と力強く床板を踏み鳴らす。軽く蹴っているだけに見えるが、音の大きさから考えるに相当な力の入れ具合だ。その仕草にも無駄な動きはひとつもない。柔らかく流麗な動きは、装束も面もつけていないこの男を、本物の女と見紛わせるような色香すら発散させている。常磐大夫の言葉通り、白扇は頭ひとつ抜けた舞手なのだ。

ある程度まで舞うと白扇は動きを止め、「おおよそ、こういった流れでございます」と言った。

呼吸は少しも乱れていないが、こめかみに、うっすらと汗が滲んでいる。

律秀は激しく手を叩いて誉めちぎった。「実によきものを見せて頂きました。これは私などには想像もつかぬところで、体のあちこちに緊張を強いておりますね」

「疲労が痛みとなるのは、舞の姿勢が間違っている証拠です。技の未熟さゆえです」

白扇は再び蒼柳に一瞥(いちべつ)をくれてから、冷然と続けた。「お薬を頂いても治らぬのであれば、それは薬師どのの責めではなく、本人の至らなさのせいです」

「いやいや、そうとばかりも」律秀が抗おうとすると、蒼柳が真剣な面持ちで横から割り込んだ。

「薬師どの。白扇さまが仰る通りでございます。すべては私の努力が至らぬせい。これぐらいで薬に頼るとは、なんともお恥ずかしい限りです」

「薬師にかかることは恥ではありませんよ」律秀はやんわりと返したが、少々気分を害しているのが呂秀にもわかった。「人は誰でも病を得ます。そのきっかけも、人それぞれです。誰かひとりを責めるのは間違いです」

蒼柳は何か言いたげに口許を動かした。が、言葉の選び方によっては白扇にも律秀にも失礼になると悟ったらしい。居場所に困ったような顔つきで言葉を呑み込んだ。

これは助け船を出してやるべきだろうと、呂秀は横から声をかけようとした。が、そのとき、白扇の背後で、妖しい影がゆらりと動くのを見てしまった。

思わず声をあげそうになったが、深く息を吸い、心を落ち着かせる。

――いつもの、あれか。

普通の者には見えないものが呂秀には見える。発する音も明瞭に聴き取れる。獣でも人でもない異様な気配を発する何かが、白扇の背後をさまよっていた。目には映るが存在感が希薄で、手では触れられないもの。人の姿をとっているところから、死霊と思われた。

死霊はどうやら男らしい。髪は肩よりもさらに長く、燃えあがる緋色だった。衣は輝く金色である。年の頃は蒼柳よりも少し上。陰気な雰囲気はない。眉を下げ、軽く笑みを浮かべ、白扇の後ろを幾たびも往復していた。何かに困っているようにも見える。

やがて男は足を止めると、ひらりと身を翻し、今度は蒼柳の体にまとわりついた。腰や背中に両手をあてがって、撫でたり軽く叩いたりする。それからふいに呂秀と目を合わせ、そっとうなずいた。

死霊の唇が動き、何かが語られた。だが、呂秀はその言葉を聴き取れなかった。伝わらなくとも満足したのか、死霊は、すっと姿を消した。

三

普段は病者を診ればすぐに草庵へ帰るが、今日はもう遅いので、常磐大夫の屋敷で一泊となった。

呂秀は客間で僧衣を脱ぎ、肌小袖一枚の姿になった。板の間には薄い畳が敷かれている。体にかけて寒さをしのぐため、たたまれた小袖が用意されていた。

細い棒を組んだ台架に置かれた火皿では、灯心が明々と燃えている。必要以上に菜種油を費やすのは気がひけた。

「兄上、灯りはもう消しましょうか」と声をかけると、律秀は畳に横たわりつつ応えた。

「そうしてくれ」

「少し、お話があるのです」

「暗闇の中でも構わぬだろう。灯りは消してさしあげよう。ここらでは名の知れた一座とはいえ、播磨国の猿楽師は、将軍や武士に囲われている都の一座とは違う。決して裕福ではあるまい」

「では」

呂秀は灯りを消し、闇の中、慎重に自分の寝床へ戻った。「実は先ほど、白扇どのの背後に物の怪を見まして」

「ああ、そうだろうな」律秀は驚きもせずに続けた。「目つきが変わったから、すぐにわかったよ。で、何がいた」

「死霊です。ずいぶんと派手な格好をしていましたが」

「派手とは」

「髪は長く緋色で、金色に輝く装束を身につけておりました」

「もしや、猿楽師の霊か」

「かもしれません。仮髪をかぶり、直面であれば、あのような感じでしょう」

「もしかしたら、それは『猩々』の装束かもしれんな」

「猩々とは、大陸に伝わる霊獣の」

「うむ。あれのことだ。猩々は酒が大好物でな、酒屋の主と一緒に楽しく酒を呑む『猩々』という題の猿楽があるのだ」

「ということは、近頃、この一座で、どなたかが亡くなったとか」

「そいつが憑いていた相手は、白扇どのだけか」

「わかりません。最初は白扇どのに、やがて、蒼柳どのにまとわりつきました。不思議なのは、穏やかに微笑していたことです。この世に想いを残しているなら、もっと寂しげに、恨めしそうな顔をするはずですが――」

「はい」

「死者の話となると、常磐大夫にも訊ねにくいな。人様の事情に関わるのは難儀だ」

「こういうときこそ、おまえの鬼を使ってみてはどうだ」

「あきつ鬼を、ですか」

「物の怪の気持ちは物の怪に訊くに限る。私は明日ひとりで薬草園に帰るが、おまえは、いましばらくここに留まり、一座の事情を探れ。場合によっては、死霊を成仏させてやるがいい」

「また、私が祈禱するのですか」

「笑顔で出てくる死霊など、たいしたものではあるまい。私は、もっと恐ろしい奴が出てきたときに祓(はら)うよ。人を食らう大百足(おおむかで)や、荒ぶる大蛇などをな。そのほうが皆からも感謝され、銭もたんと手に入るだろう」

相変わらず、戯れか本気かわからぬことを言う。

ほどなく、律秀は静かに寝息をたて始めた。

呂秀はしばらくのあいだ、暗闇の底から天井を眺めていた。兄がすっかり寝入ったのを確かめてから、闇に向かって声をかけた。「あきつ鬼、出てきなさい」

天井の板が水面の如く波打ち、真っ赤な異形の顔がぬっと垂れ下がった。大きなふたつの目と、その真上に並ぶもうふたつの目。鷲のくちばしに似た鼻が生臭い息を噴き出し、二本の牙が突き出した口の両端は裂けているかのようだ。

耳元に直接、あきつ鬼の声が響いた。「なんの用だ」

式神のくせに偉そうなのは、鬼の最初の主が、播磨国最強の法師陰陽師・蘆屋道満だったからである。呂秀と律秀は蘆屋家の血をひいているが、何しろ何百年も前の御先祖であるため、その血は既に薄く、律秀に至っては物の怪を感知する能力すらない。呂秀だけが、その力をわずかに引き継いだのだ。

過日、呂秀は主を失ったまま現世をさまよっていたこの式神を慰め、「あきつ鬼」という新しい名を与え、新たな主となった。以後、この鬼は姿を隠したまま、呂秀に付き従っている。

「一座の者に憑いている死霊がいます」と呂秀は言った。「まとわりついている理由を聞き出せますか」

「向こうに話す気がなければ、わしとて聴き取れぬ」

「そうなのですか」

「物の怪には物の怪なりの事情があるのだ。しかし、まあ心配はいらんだろう。おまえに姿を見せたのであれば、何かを伝えたいという意思はあるのだ」

「では、どうするのが一番でしょう」

「嘘をついてみるがいい」

「誰にですか」

「死霊に憑かれている者にだ。おまえが見た死霊の姿とは逆の様相を、その者に告げてみよ。何か覚えがあるならば、それがそのような姿で現れるはずはないと、相手は反発するだろう。これを端緒に話を聞き出せばよい」

「嘘はいけません。仏の道に背く行為です」

「ならば放っておくしかない」

「そうはゆきません。見てしまったのですから」

「では、おまえの姿をわしに貸してくれ。わしがおまえの代わりに嘘をつき、まことの話を聞き出してやろう」

「なんという邪なことを」呂秀は眉根を寄せた。「私はおまえの主です。勝手なことをしてもらっては困ります」

あきつ鬼は、からからと笑った。「主ができぬ諸々を助けてやるのが式神の役目じゃ。それをいかんと言われたのでは、わしは立つ瀬がない」

「わかりました。それでは別の手でゆきましょう」

「どうする気じゃ」

「私が蒼柳どのと対顔したら、おまえは、その背後を行ったり来たりしておくれ。死霊が驚いて姿を現すかもしれぬ」

「出てきたら、そのあとは」

「まず、名を訊ねてみなさい」

「何も喋らなかったら」

「手を伸ばし、捕まえられるかどうかを試すのです。それで、少しは相手の本心が知れましょう」

四

早朝、客間まで運ばれてきた粥を食したあと、律秀は早々に身支度を整えた。

あとは任せたぞと呂秀に声をかけると、薬箱から包袋を取り出し、目の前に置いた。

「白扇どのと話す機会があれば、これを渡してやってくれ」

「なんですか」

「四七湯という、心に穏やかさを取り戻させる薬だ。ただし、単に渡しただけでは効かぬ。白扇どのとじゅうぶんに話し合い、これからも相談にのれるほど深い信頼を得られたときに使え。わかったな」

「代金はいつ頂きますか」

「蒼柳どのの薬代に併せて頂こうか。私が直接診るわけではないから、無理にはもらえぬよ」

いつもは銭銭とうるさいことを言うのに、珍しく大らかな態度を示すと、律秀はひとりで屋敷をあとにした。

兄を見送ったあと、呂秀は僧衣の両袖を紐でたくしあげ、粥を食べた器を土間まで運んだ。桶の水を使って箸や碗を洗っていると、下働きの者が慌てて駆けつけ、「和御坊さま、そのままにお願いいたします」と止めた。「お客人の手を煩わせたと知れたら、私どもが大夫からお叱りを受けます」

「お気づかいありがとうございます」呂秀はすべてを終えると、桶から離れ、腰紐に挿しておいた布きれで手を拭った。「しかし、器を洗うことは日頃から習いにしておりますし、むしろ、いま騒ぐと大夫の耳まで届きましょう」

相手が、うっと言葉に詰まったところで、呂秀はあらためて切り出した。「兄はもう帰ってしまいましたが、蒼柳どのと、もう一度お話をしとうございます。私のところへ来てほしいと、伝えて頂けませんか」

「承知いたしました。すぐに呼んで参りますので、お待ち下さいませ」

客間に戻って待っていると、蒼柳が不安そうな面持ちでやってきた。

呂秀はにこやかに「おかけ下さい」と声をかけた。「腰と膝の具合は如何ですか」

「はい。まだ痛みはありますが、昨晩は久しぶりによく眠れました」

「それはようございました。漢薬は体だけでなく心にも効くのです。兄の見立ては正しかったようですね」

「まことにありがたきことです」

「ところで兄は薬師ですから、現世への対処は申し分ありませんが、それ以外については私でなければ扱えません」

呂秀はそっと目で合図して、傍らに控えていたあきつ鬼に、蒼柳の背後へまわらせた。あきつ鬼が大股で往復し始めると、あの死霊が蒼柳の背中から飛び出し、驚きに満ちた表情で、あきつ鬼の顔を凝視した。

姿格好は昨日と変わらず、やはり言葉は発しない。

あきつ鬼が四本の逞しい腕でつかみかかっても、死霊はひらりと身をかわして捕らえさせなかった。花から花へと舞う蝶のように、とらえどころなく動きまわる。あきつ鬼は赤い顔にさらに朱を注ぎ、苛立たしげに相手を追いかけたが、死霊は、やんわりとした物腰で避け続ける。その滑稽な有様は、まるで狂言の舞台そのものだった。

呂秀は思わず噴き出しそうになったが、蒼柳に不審に思われては困る。笑いを嚙み殺し、厳かな口調で訊ねた。「実は昨晩、あなたの背後に奇妙な影を見ました。私は僧ですから、物の怪の類いは日頃から見慣れております。ご自身で、何か心当たりがありますか」

たちまち蒼柳は顔色を変えた。「それは如何なものでございましたか」

「唐織とおぼしき金色の衣を身にまとい、髪は長く、燃えるような緋色でした。兄は、それを猿楽の『猩々』の装束ではないかと申しておりました」

蒼柳は口許を引き結び、顔を歪め、頭を垂れた。死霊が心配そうに背後から覗き込む。

次の瞬間、あきつ鬼は死霊の腕をがっしりとつかんだ。

『おまえは誰じゃ』あきつ鬼は大声で訊ねた。『申してみい。なぜ、この猿楽師に悪さをする』

死霊はせわしく首を左右にふった。自分は何もしていない、と言いたげに。あきつ鬼が腕に力を込めると、眉根を寄せて嫌がり、するりと拘束から逃れて、またしても虚空に溶け込んで姿を消した。

あきつ鬼が、舌打ちして悪態をつく。

呂秀はそこから視線をそらし、蒼柳を見つめ直した。

蒼柳は苦しげに、喉の奥から声を絞り出した。「昨年の夏の終わり、この一座のある猿楽師が病に倒れ、帰らぬ人となりました。私は急遽その方の代役として立ち、白扇さまと『二人静』の稽古を始めたのです」

「その方の名前は」

「紅扇と申します。白扇さまとは古くからの仲でした。地方の猿楽好きにとって、紅扇と白扇といえば、それなりに名の通った人気者でした。特に、おふたりが演じる『二人静』は絶品でした」

「あなたを紅扇どのの代わりに、と指名したのは常磐大夫ですか」

「いえ、白扇さまから直々に指名されました。紅扇さまが『自分のあとを継がせろ』と言い遺したのだそうです。ですから私は、いくら稽古がつらくとも、やめるわけにはいかないのです。私がこの役を頂けたのは紅扇さまのおかげです。それに白扇さまは、紅扇さまの遺言通りに、私を優れた舞手にしようと懸命に導いて下さっています。私如きが、どうして、おふたりの期待に背けましょう。何がなんでも私は舞わねばならぬのです。ただ、体がそれについてゆけぬのが口惜しゅうございます」

呂秀は思わず溜め息をついた。

この若人は、死者と生者の双方の意志を背負い、決して折れるまいと気を張り、全身に緊張をみなぎらせているのだ。これでは、体のあちこちに無理な力がかかり、足腰を痛めてしまうのも当然だ。

呂秀は訊ねた。「紅扇どのは、いかような性分でしたか。白扇どのと同じく、後進の者を厳しく指導する方でしたか」

「いいえ。白扇さまとは正反対の方でした。他人に優しく、ご本人も、いつものんびりとしておられて、天女の舞にも似た自由奔放さをお持ちでした。そのしなやかさや素早さについてゆける者は、一座の中では白扇さま以外には誰も」

「つまりおふたりは、芸の道において、とても強い絆で結ばれていたのですね」

「はい。紅扇さまは幽玄な舞だけでなく、『猩々』などの滑稽味のある演目もお上手でした。むしろ、こちらのほうが本領だったのかもしれません。死霊になってすら『猩々』の装束をまとっておられるとは、いかにも紅扇さまらしいことかと」

「そうでしたか――。これは、おつらい話を訊いてしまいましたね。お許し下さい」

「いいえ、お気づかいなく。誰にも喋れぬゆえ、ここまで聞いて頂き、また少し心が楽になりました」

律秀が処方した薬は、よい形で蒼柳の心に効いているらしい。率直に吐き出せたのは、気持ちに余裕が戻ってきたからだろう。

　呂秀は続けた。

「白扇どのには、私のほうからそれとなく注意を促してみます。熱心に稽古をつける理由はわかりましたが、あなたが体を壊したのでは元も子もない。無論、あなたが私に事情を話したことは内緒にしておきます。死霊は白扇どののことも気にしておりましたから、まだ、もう少し事情がありそうです。それをこれから探って参ります」

　蒼柳を皆のところへ戻したあと、呂秀は客間から出て、今度は白扇の姿を探した。

　あきつ鬼も、あとからついてくる。

「白扇に会って何をするつもりだ」

「同じことを訊ねます。あの死霊は、白扇どのと深く関わっていた様子。私が問えば、さらに事情がわかりましょう」

「逆だな」

「逆、とは」

「よく知る者ほど口をつぐむことがある。ましてや白扇の性分となれば」あきつ鬼は拳で己の胸を叩いた。「ここはわしに任せろ。いいように運んでやる」

「大丈夫ですか」

「案ずるな。式神はそのためにいるのだ」

途中ですれ違った一座の者に、呂秀が「白扇どのはどこに」と訊くと、庭に出ておられますという答えが返ってきた。

「植木の手入れですか」

「いいえ、ときどき、稽古場ではなく庭で舞われるのです。樹々に囲まれて舞うと気持ちがいいと」

玄関で草鞋を履いて外へ出る。そこから庭へまわって、白扇の姿を探した。

陽は燦々と降り注いでいるが、大気はひんやりとしている。この冷気の中でわざわざ舞うとは、白扇の性格の一面をうかがい知る思いだ。

しばらく進むと、りっぱな柿の木が見えてきた。呂秀は足を止め、目を細めて大樹をふり仰いだ。そのまま食べても渋いだけだが、もいだ実を吊して干しておくと甘くなる。これだけ実っていれば、冬中、大いに楽しめるだろう。

そのとき、朗々と響く歌声が、どこかから流れてきた。

呂秀は歩を進めた。はたしてその先には、ひとりで謡い、舞う、白扇の姿があった。

さては静御前にてましますかや

静にて渡り候はゞ
かくれなき舞の上手にて有りしかば
舞をまうて御見せ候へ
跡をば懇に弔ひ申し候ふべし

昨夜と違って今朝は扇を手にしている。扇を一本開いただけで、何もない空間が骨と面を境に区切られ、きりりと引き締まって見えた。昨日の『二人静』とは、まったく違う舞がそこにはあった。はらはらと散る花のように、扇が大気を切り裂いて動く。

視界に呂秀の姿をみとめた白扇は、舞うのをやめ、視線をこちらへ投げた。

呂秀はその場でお辞儀をした。「お稽古の邪魔をしてしまい、まことに申し訳ございません」

白扇は丁寧に扇を閉じて懐へ収めた。「稽古というよりも、私が好きでやっていることですから。気になさらないで下さい」

「好きでやるのと稽古とは違いますか」

「はい。猿楽師は天に舞を捧げ、人のためにも舞いますが、ときには自分のために舞うことも必要です。たったひとりで舞を楽しんでいると、心が癒やされ、巡業の疲れで乱れていた姿勢が元へ戻ります」

「なるほど」

「薬師どのはお帰りになったそうですが、和御坊さまは、しばらくこちらにご逗留(とうりゅう)ですか」

「ええ。少々気になる影を目にしましたので」

「気になるものとは」

「死霊です。昨晩、白扇どのが『二人静』を舞い終わってから、その背後に見ました。唐織の装束を身にまとい、紅くて長い髪を翻している男の霊です。兄は、それを『猩々』の格好ではないかと言うのですが、何かお心当たりはございませんか」

白扇は「ありませんな」とただちに言い捨てた。「猿楽師は生き霊も霊獣も演じますから、本物の霊が仲間と間違えて寄ってきても不思議ではありません。おそらく、その類いではないかと」

思いもかけぬ応じ方に呂秀はたじろいだ。蒼柳と違って、白扇は紅扇の件に触れたくないようだ。それはふたりの仲が、呂秀が想像していた以上に深かった――という意味でもあろう。

さて、これは、どう話を進めればよいのかと思案していたとき、突然、あきつ鬼がその場に姿を現した。それだけでなく、呂秀の許しも得ずに、白扇に向かって大声で話しかけた。

『何食わぬ顔をしておるが、一番悪いのはおまえではないのか』

あきつ鬼は、呂秀以外にも聞こえる声を使ったらしい。白扇が、たちまち眉をひそめた。が、霊など気にしないと言った手前、毅然とした態度を崩さなかった。ただ、探るような視線を、ちらちらとあちこちに投げかけた。

あきつ鬼は続けた。『おまえのやり方では紅扇の悲願はかなわぬ。このままでは蒼柳も死ぬるぞ』

口からでまかせの、ひどい煽り方だ。呂秀は、あきつ鬼を叱りつけようとした。が、言葉が出てこなかった。

いくら喉に力を込めても、息が洩れる音がするだけで言葉にならない。あきつ鬼に言葉を封じられたのだ。

全身が、かっと熱く燃えあがった。

式神が主の力を圧倒するなど、あってはならないことだ。配下に入れたと思っていたのに、自分は騙されていたのだろうか。

呂秀は懐から数珠を抜き出し、あきつ鬼に向かって突きつけた。すると、あきつ鬼はにやりと笑い、直接、呂秀の頭の中へ語りかけてきた。

——わしが話し終えるまで、しばらく黙っておれ。こいつがおまえと素直に話せるように、少々、心をいじってやる。

あきつ鬼は、再び、白扇に呼びかけた。

『おまえは、他人の才をひとつも認めたくないのだな。紅扇の天性も、さぞ、うらやましかったのだろう。死んでくれてよかったと、あのとき、ほっとしたのではないか。蒼柳につらくあたるのも、あいつの才を潰したいからであろう。紅扇の遺志に背く気かと追い詰めながら、わざと体を壊すような稽古を強いている――。すべて、栄誉をひとりじめするための策じゃな』

白扇は動じなかった。若干、顔色が白くなっていたが、呂秀が数珠を出した瞬間に、この場に、確かに物の怪がいると確信したのだろう。呂秀に向かって言った。

「和御坊さま。これが私に憑いている死霊ですか。だとすれば、ずいぶん間抜けな霊ですな」

呂秀は応えられなかったが、白扇は気にせず、己に言い聞かせるように続けた。「嘘ばかりついている。私には身に覚えのないことばかりです」

白扇は呂秀のそばへ寄り、背後に隠れた。「あなたの法力を信じます。お守り下さい。この死霊が、姿だけでも紅扇の真似をしているのであれば、私は断じて許せませぬ。どうぞ、徹底的に祓って下さいませ」そして「嘘つきめ、去れ」と虚空に向かって叫んだ。

「おまえは何も知らぬ阿呆だ」

『嘘と申すか』あきつ鬼は口調を強めた。『では、なぜ紅扇の霊が、未だにこの世をさまようておるのじゃ。無念で成仏できぬからであろう。嘘をついているのは、おまえのほうではないのか』

「ならば私に紅扇の霊を見せてみよ。本物の紅扇なら、いくらでも相手になってやるわ」

雷が轟くような笑い声が響き渡った。樹木の梢が一斉に激しく鳴る。分厚い雨雲が太陽を隠し、あたりがにわかに暗くなった。

庭の植え込みを背景に、ぼうっと紅い影が浮かびあがる。

霧に似てつかみ所のない姿だが、人が立っているのだとわかる。

それは、あきつ鬼自身が『猩々』の装束をまとった姿だった。面はつけず、顔は鬼のままだ。四つの目が爛々と輝き、長く裂けた口許からは二本の牙が突き出している。頭には歪な形の角が並び、妖しい光を放っていた。猩々の軽やかさはどこにもない。まるで地獄からの使いのようだ。

凜とした声があきつ鬼から放たれた。『これがいまの紅扇の姿じゃ。おまえの至らなさを恨んで恨んで、とうとう鬼になってしまったのよ』

痛切な呻き声が白扇の喉から洩れた。普通の者が目の当たりにして平気でいられる光景ではない。しかも相手は、亡き紅扇の姿をひどい形に歪め、白扇を追い詰めているのだ。

　それでも、白扇は鬼に向かって一喝した。「おまえは紅扇ではない。消えよ」

　あきつ鬼がぬうっと腕を伸ばし、呂秀の数珠をつかんで引っ張った。あっというまに糸が切れ、ばらばらと珠が飛び散った。これには白扇も驚き、思わず首をすくめた。呂秀もさすがに腹に据えかねた。あきつ鬼がこれ以上ひどいことをする気なら、自分は、命と引き換えにしてでも白扇を守らねばならぬ。

　そのとき。

　何かが素早く動いてあきつ鬼に飛びかかり、その頭を、ぴしりと打ち据えた。

　本物の紅扇の霊だった。

　閉じた扇の親骨で、繰り返し、繰り返し、あきつ鬼の頭部を叩いた。

　思いもかけぬ攻撃に、あきつ鬼は腕をふりまわして抗ったが、紅扇はくるりと身をかわし、まったく捕らえさせない。びしっ、びしっと、小気味よいほどに、打擲(ちょうちゃく)の音がその場に響き渡る。紅扇の全身からは青い炎がふき出し、顔つきはこれまでとは一変して、とてつもなく険しい。

「何が起きたのですか」白扇は呂秀に訊ねた。あきつ鬼の姿は見えるのに、紅扇の霊は相変わらず見えないようだ。

　答えてやりたかったが、呂秀の喉はまだ言葉を失ったままだった。幸い体は動いたので、腕を後ろにまわし、白扇の手を強く握ってやる。

鋭い爪が生えた手で空を薙ぎながら、あきつ鬼は『ええい、煩わしや』と叫んだ。

『妨ぐな。あれはわしの獲物ぞ』

紅扇は扇を横様にふり、あきつ鬼の顔面を激しく打ち据えた。鬼は悲鳴をあげて身をよじった。四つの目が瞬きを繰り返し、眼球がせわしく左右に揺れる。

罵詈雑言を吐き散らしながら、あきつ鬼はすっと姿を消した。

その瞬間、呂秀の喉を圧迫していた感触も消え去った。暗雲はたちまち四散し、再び、庭に陽光が射し込んだ。

「――終わりました」呂秀は一息つき、白扇を振り返った。「紅扇どのが助けてくれました。鬼は去りましたよ」

白扇は呂秀の手をふりほどき、飛び出した。虚空に向かって叫ぶ。「紅扇、そこにいるのか」

紅扇の霊が、いわく言いがたい寂しげな表情を浮かべて、白扇をじっと見つめた。

白扇は両腕を差し出し、紅扇の姿を求めて、あちらこちらへ、よろよろとさまよった。

「姿を見せてくれ。鬼ですら姿を見せたのだぞ。おまえにできぬはずはなかろう」

紅扇は唇を引き結んだまま、手にしていた扇をゆっくりと開いた。それをひらりと翻し、白扇の目の前で舞い始めた。

そのとき、どこからともなく、低く滑らかな地謡の声が響いてきた。それは『二人静』の最後の一節だった。

　武士(もののふ)の物毎(ものごと)に憂(う)き世(よ)の習(なら)ひなればと
　思ふばかりぞ山桜(やまざくら)

この声は——。

呂秀はあたりに視線を巡らせた。聞き間違いではない。これは律秀の声だ。まるで、どこかの茂みに身を潜め、紅扇のために謡っているかのように聞こえる。律秀の澄んだ声は、あたりに朗々と響き続けた。

　雪に吹きなす花の松風(まつかぜ)
　静(しずか)が跡(あと)を弔ひ給へ
　静が跡を弔ひ給へ

謡に合わせて紅扇は舞い続けた。憂いを含んだ表情は、やがて清らかな顔つきへと変わり、最後に朗らかな笑みを取り戻した。

さまよう白扇の手が紅扇の体に触れたが、それは霧を探るに等しく、虚しく向こう側へ突き抜けた。紅扇は衣の袖でそっと顔を覆い、晩秋の空へ溶け込んでいった。その姿が消えたあと、白い紙切れがひらりと宙を舞い、地面に落ちた。

呂秀は紅扇が姿を消した場所へ歩み寄り、身を屈めてそれを拾いあげた。

紙切れは、法師陰陽師が使う人形（ひとがた）であった。

おそらく律秀が、なんらかの術をかけたうえで、庭の茂みに隠していったのだ。この人形が律秀の声で謡い、紅扇の心を舞の形で見せたのだろう。

呂秀は人形を懐に収めると、代わりに絹布を一枚取り出し、掌に広げた。身を屈め、庭に飛び散った数珠を一粒ずつ拾い集める。白扇もそれを手伝った。珠を拾い終え、絹布でくるんで懐へ戻してから、呂秀は穏やかに声をかけた。「縁側で少し話しましょう」

五

呂秀と白扇は縁側に並んで腰をおろし、しばらくのあいだ黙り込んでいた。

やがて、白扇が弱々しい声で訊ねた。「本当に、紅扇が来ていたのですか」

「はい。あなたを助けるために、あの鬼と闘い、追い払ったのです」

「死してなお、気づかわずともよいものを」膝の上で拳を作ると、白扇は頭を深く垂れた。

「事情を、おうかがいしてもよろしいですか。紅扇どのがこの世に想いを残しておられるなら、回向するのが私の役目です」

するとと白扇は、ぽつりぽつりと話し始めた。「私は紅扇と共に寿座で育ちました。紅扇は親を亡くして一座に引き取られた子でしたが、天性の才能に恵まれた舞手で、稽古をつけられると、若竹のようにすくすくと伸びていきました。迷いのない舞とは、まさにあれを言うのでしょう。幼いうちに何もかもをなくし、舞だけを、楽しみと思うようになったのかもしれません。そんなあやつが、あるとき、『二人静』の相手には、どうしても私が必要だと言い出したのです」

白扇は深く息を吐き出した。「舞手としての実力の差ぐらいわかりますから、私はこの申し出を退け、年上の舞手と組むように忠告しました。けれども紅扇は、どうしても私でなければ嫌だと言い張ったのです。さすがの常磐大夫も困り果て、ならば一度やってみよと認め、私は紅扇と組んで『二人静』の稽古を始めました。舞ってみると、紅扇がこだわった理由がすぐにわかりました。紅扇の『二人静』は、どんな舞手よりも速かったのです。古い感覚の舞手では、ついていけないほどの速さでした。おまけに演じ方も、これまでとはまるで違っていた。緩急があり、山場――そう、特に、ふたりそろって足を踏み鳴らすあたりからの躍動感が素晴らしく、それは静御前の霊が舞っているというよりも、厳しい運命や武家と闘おうとしている、生きた女の力強さを感じさせる表現でした。一座の中には、この解釈を『邪道だ』と怒る者もおりました。普通の猿楽では、女の役といえば、楚々とした女人や、嫉妬に狂った生き霊や死霊、あるいは零落したかつての美女などです。深い悲しみや暗い情念にとらわれており、男たる僧侶や陰陽師がその女の人生を憐れみ、呪いを退けたり、霊を成仏させるという筋書きです。しかし、紅扇の解釈は違っていました。己の実母を含めて、これまで自分を助けてくれた女人の強さや逞しさを、猿楽で表現したかったのかもしれません。実際、これを河原で舞台にかけてみると、村人たちは大喜びしたのです。狂おしいばかりの情熱で踊る白拍子の心情を、憐れな古びた死霊として見るのではなく、偉そうにふるまう武士や戦を鬱陶しく感じて抗う――いまの時代の自分たちと重ね合わせたのでしょう。そして、紅扇に合わせて稽古を重ねてきた私も、いつしか芸における自分の限界を突破し、その向こう側へ到達しておりました。紅扇と一緒に『二人静』を舞っていなければ、いまの私はなかったと思います」

「それは、なんとも素晴らしきご縁だったのですね」

「はい。ですから紅扇が病に倒れ、そのまま亡くなったとき――私にとっては、この世の終わりが訪れたのと同じでした。紅扇はそのときに言い遺しました。『蒼柳を頼む。あれには、まだ開花しきっていない才がある』『それが開けば、私以上の舞手となるだろう』『これからは、あれと一緒に二人静を舞ってくれ』――と。私は、その願いをかなえることでしか、悲しみを乗り越えられないと悟りました。そこで、蒼柳にも、すぐにその言葉を伝えました。これからはふたりでがんばっていこうと励まし合い、稽古を始めたのですが」

白扇はそこで言葉を切り、己を嘲笑うような表情を浮かべた。「私のほうがだめでした。『二人静』を舞っていると、どうしても、紅扇の動きを蒼柳に求めてしまう。蒼柳と紅扇は別人です。新しい解釈、新しい技が必要なのに、私の心は、引き裂かれた半身を求めるかの如く、紅扇と瓜二つの舞を望み続けました。蒼柳の舞に納得できず、『それは違う』『ここが合っていない』『なぜ、踏み鳴らすときの機が合わぬのか』と厳しく責めたてて――。蒼柳は真面目な男ですから、必死にその要求に応えようとしました。私が違う違うと言うたびに、どうにかして紅扇の舞を再現しようと力を込める。無理な体勢をとり、とうとう体まで痛めてしまった。それなのに、私はまだ満足できぬのです。もう一度、紅扇と舞ったときの高揚感を取り戻したいと、その妄執が、どうしても消えてくれませぬ。それが、ついには、鬼まで呼び込んだのでしょう」

「――わかりました。では、私が祈禱を行って、鬼が二度とあなたを惑わさぬように、そして、紅扇どのが無事成仏するようにいたしましょう」

「できるのですか、そのようなことが」白扇は両手で顔を覆った。「私のような欲深い者にも、仏さまはお慈悲を下さるのでしょうか」

「勿論です。御仏は、あなたのような方のためにこそ、おわすのです。少しずつ前へ進んでいきましょう。苦しくなったら、またお話を聞かせて下さい。兄から、よく効く薬もあずかっております」

呂秀は懐から包袋を取り出し、白扇の手に握らせた。「『四七湯』という漢薬です。あなたのように心の優しい方の気疲れによく効きます」

「私は、優しいのですか」

「はい。きっと一座のどなたよりも。だからこそ、天涯孤独だった紅扇どのも、あなたを慕ったのではないでしょうか」

白扇を連れて屋敷の中へ戻ると、呂秀は一座の者に声をかけて、再び、蒼柳を呼んできてもらった。そして、常磐大夫から数珠を借り、ふたりを客間へ入れると、物の怪を退散させるための祈禱を行いますと言い置き、ふたりを板の間に座らせた。

香を焚いて祈禱を続けていくうちに、屋敷の中に漂っていた紅扇の気配が、徐々に消えていくのを呂秀は感じとっていた。やがて呂秀の耳に、よく澄んだ、微かな声が届いた。

――もう、大丈夫。

紅扇の声であろうか。それとも、この死霊を救済した御仏の声であろうか。

祈禱を終えたあと、呂秀は深々と頭を下げ、天と地に深く感謝を捧げた。

薬草園に戻った呂秀は、一連の出来事を律秀に伝え、人形に助けられたことに礼を言った。

呂秀は続けた。「紅扇どのが、誰にも姿を見せず言葉も喋らなかった理由が、なんとなくわかったような気がします。もし、そうしていたら、白扇どのはいつまでも妄執を断ち切れず、死霊にすがり続けていたでしょう」

「蒼柳どのの体調については、どう考えるべきかな。我らを呼び寄せるために、紅扇どのが力を及ぼしていたのだろうか」

「そこは逆ではないでしょうか。このままでは蒼柳どのが倒れると心配して、紅扇どのは、常磐大夫や竹葉どのの心に働きかけ、我らを呼びに来させたのでは。特に竹葉どのは、井戸の一件でも、あきつ鬼に心を操られておりました。本人が知らぬうちに、物の怪の影響を受けやすい方なのかも」

「なるほど。そう考えたほうが筋が通るか」

「物事は決着しましたが、あきつ鬼が勝手にふるまったことには不安が残ります。主が式神を抑えられぬなど、そんな前例があるのでしょうか」

「鬼は、おまえができぬ諸々をやると言ったのだろう」

「はい」

「ならば、どれほど危うく見えても、それはおまえの考えの範囲にあるものだ。かりにも、道満さまが使っていた式神ぞ。普通の死霊に負けるはずがない。紅扇どのに叩かれて逃げ出したのは、大袈裟な演技であろう」

「ああ、なるほど」

「足りなかったのは、おまえの心の強さのほうだ。『どのような理由があっても嘘をつきたくない』と思うなら、次の手を考えねばならなかった。あきつ鬼を説得できるほどの強い理さえ持っておれば、鬼の手綱をとれたはずだ」

「もっと精進いたします」

「よいよい。適当にゆるゆるとやっておれ。おまえの真剣さも、どことなく白扇どのと似ているぞ。だからこそ、あの方の気持ちをよく理解できたのだろう。今回はそれがよい結果を招いた。だが、いつもそうとは限らぬ。気をつけておいてくれ。それにしても、物の怪が見えるおまえの目が、つくづくうらやましいのう」

「そうですか」

「手足れの猿楽師による舞などいくらでも見られるが、この世の呪縛から解放された死霊の舞など、おまえの目でなければ決して見えぬ。たいそう美しかったようではないか。ああ、わずかでもこの目で見られたら、どれほど心が潤い、人にも自慢できたであろうか」

見えれば見えたで苦労があるのだが、律秀はそれに思いを馳せたりはしない。うららかな兄の性分が、今日はとても心に沁みた。


その年の終わり、常磐大夫の元から、近況を記した文と、冬越しのための一品が届けられた。

文には、蒼柳の腰と膝の痛みがもうすっかり治ったということ、白扇は蒼柳との稽古を再開し、大変調子がよいので、来年には、ふたりで初めてとなる『二人静』を舞台にかけられるはずだ、ということなどが書かれていた。

贈られた品は大粒の干し柿であった。常磐大夫の屋敷の庭で見かけた、あの柿の木になっていた実である。律秀は早速ひとつ取ってかぶりつき、美味い美味いと喜んだ。

華やかな紅扇の舞を懐かしく思い出しながら、呂秀も、干し柿の甘味をじっくりと噛みしめた。

第三話　都人（みやこびと）

一

年があけて、永享十二年（一四四〇年）。

これまでの冬と同じく、呂秀と律秀は、構の薬草園で育てた漢薬を手箱に詰め、それを持って、農人たちの家を巡り始めた。

この時期、熱を出して寝込む者は少なくない。そうなったときには、重湯をすすり、摺りおろした大根を食す。何日か寝ていれば回復する。だが、たまにひどく高い熱を出し、朦朧となってしまう者もいる。こうなってくると命が危ない。家人が燈泉寺の療養院に駆け込み、薬を求める頃には手遅れということもある。

そこで呂秀たちは、先に各戸を訪れ、様子をうかがうようにした。

薬を方じるのは律秀だ。弟である呂秀は荷物を持ち、あとに従うだけである。普段は身なりをかまわぬ律秀も、各戸を巡るときには着古した水干を脱ぎ、きちんと身支度を整える。総髪をくり直し、次縹(つぎはなだ)の素襖をまとえば、若いながらも薬師としての風格に満ちた姿となる。気の病に罹った者であれば、その姿を目にするだけで安心し、症状が和らぐこともあるほどだ。

いっぽう、呂秀は常に僧衣をまとっている。これ以外には、野良着しか持っていないのだ。薬で病が治らないとき――すなわち、物の怪のしわざではないかと疑われれば、法師陰陽師として、その場で退魔の祈禱を行う。

祈禱は律秀もできるが、今回は、呂秀が陰陽師役を引き受けた。このように立場を使い分けたほうが、手を尽くしている感が伝わり、病者や家人を安心させられる。

また、薬が方じられたあと、家人自ら無病息災の祈禱を請う場合もあった。村全体を祈禱してくれという頼みもあった。呂秀はこれらをすべて引き受けた。薬と祈禱を同時に施すと、確かに病者の治りがよかった。

ただ、多くの農人は銭をほとんど持っていない。それを理由になかなか療養院まで来ないし、呂秀たちが自分から訪問しても病を隠す者すらいた。

呂秀は常日頃から、「野山で獲れるものでも薬代として受け取りますから、遠慮なさらずお越し下さい」「少しでも変だと思ったらお教え下さい」と人々に告げていたが、最近は農人たちのほうで気をつかい、「銭がありませんので診て頂くわけには」と言い出す始末だ。

農人たちはとても粗末な家に住んでいる。屋根は藁葺き、土間はあっても板の間はない。土間に藁をしきつめて腰をおろす場所を作り、眠るときには積みあげた藁の中へ潜り込んで暖をとるのである。もう少し余裕のある者は板の間をひとつ作り、中央に囲炉裏を切った。その周囲は食事の場となり、草鞋を編む場となり、母親が幼子に乳を与えて寝かしつける場となる。

夜は板の間に筵を敷き、家族全員がここで眠る。商いで成功した者や京の都人から見れば、信じがたいほどに貧しい暮らしだ。しかし、田畠からの収穫物だけに頼る生活では、どこの村でも似たようなものだ。

呂秀たちは、今年もそのような家々を訪れ、病に倒れている者はいないかと、順々に訊ねてまわった。

すると、たいていは、「おかげさまでなんともございません」「皆、達者です」と言われ、具合が悪そうな老人を見かけても、「春には元気を取り戻しておりましょう。お気づかいなく」と流されてしまった。

休耕中の田畠には枯れた草が残り、その隙間を野鼠が駆けまわっていた。空では、小さな鷹が輪を描きながら獲物を狙っている。草鞋の下から伝わってくる冷たさに震えながら、呂秀と律秀は道を急いだ。

呂秀は律秀に訊ねた。「兄上。まさかと思いますが、土地の皆さまに対して、『いまの世は銭がすべてじゃ、銭がなくては何も始まらぬ、薬も作れぬ』などと、たびたび教えておられるのではないでしょうね」

「人聞きが悪いことを申すな。確かに私自身は銭に執着しているが、他人まであおった覚えはないぞ」

「まことですか」

「おまえに空言を告げてどうなる」

「ならば、よろしゅうございます」

「皆が遠慮がちなのは私も気になっていた。これからは惣村の若衆にでも頼むか。私たちが訪ねるよりもいいかもしれん」

「以前は、このような遠慮はありませんでした――」

「銭が幅をきかせる世では人の心も揺れるのだ。商いが盛んになったせいで、世の中の仕組みが大きく変わりつつある。むやみには責められぬ」

　播磨国は海に面しており、交易が盛んな土地である。都に暮らす大商人だけでなく、地方と都を往復する連雀商人も、銭の真価にいち早く気づいている様子だった。銭が物を売買する道具であるだけでなく、蓄え方によっては特別な意味を持つことに気づいた。

　地方へ戻った連雀商人は、故郷でも銭を持つ者としてのふるまいを見せる。それを見せられたほうは物の考え方を変える。世渡りに最も力を発揮するのは銭だ、物々交換だけでは世の流れから取り残される、農人もいざというときに備えて銭ぐらい蓄えておくべきだと。

都以外まで、銭中心の考えで動かずともよいのに——と呂秀は思う。田畠の幸、野山の幸、浜辺から運ばれる塩や干物など、物が豊かな土地だからこそ、品々を交換し合って成り立つ暮らしがある。本来はこれでじゅうぶんなはずだ。しかし、いま、そこに新しい仕組みが加わった。これが世の中をどう変えてしまうのか呂秀には見当もつかない。

今日は帰りに燈泉寺へ寄り、療養院の薬の減り具合を確認せねばならなかった。足りていなければ薬草園から運ぶのだ。草庵には陽が落ちる前に戻るつもりだったので、帰り道は、いっそう足を早めた。

燈泉寺の門をくぐり、本堂へ入ったところで、僧の慈徳と鉢合わせした。貞海和尚の下で働く、僧たちのまとめ役である。皆から信頼されており、いずれはこの寺を継ぐのではないかと噂されている人物だ。

慈徳はふたりに言った。「ちょうどよかった。都からお見えになった天文生が、そなたたちをお待ちだ」

「天文生というと、あの方ですか」呂秀は訊ねた。「昨年、初夏の頃に都からお越しになった」

「そう、大中臣有傳どのだ。お供の三郎太どのも一緒だ。あのときは、律秀どのがお世話をされたのであったな」

「はい」

話をふられた律秀自身は、不思議そうに首を傾げた。「冬のさなかに、なんのご用でしょうか」

「そこはじかにうかがってくれ。熱を出しておられるので、まずは、急ぎ診てさしあげてほしい」

「薬なら寺にもありましょう」

「方じたが効きがよくない」

律秀は溜め息をついた。「こんな寒い時期に、わざわざ下って来られるからです」

「何か事情がおありのようだ。ともかく宿坊までお越し願いたい」

宿坊へ行くと板の間に畳を敷いた寝床で、ふたりの男が小袖を重ねがけして横たわっていた。慈徳が声をかけると、片方の男がそっと身を起こした。お供の三郎太である。有傳に付き従い、馬の世話などもする下男だ。身なりは播磨国に住む農人と大差ない。「まことに申し訳ございません」三郎太は青白い顔色で弱々しく頭を下げた。「到着早々、皆さまにはご迷惑をおかけいたしました」

呂秀は片手をあげてそれを押しとどめた。「病者がよけいな気づかいをしてはいけません。遠慮なく療養なさいませ」

「ありがとうございます。私はそろそろ治りかけておりますが、有傅さまのほうがまだ」
呂秀と律秀は、もうひとりの病者を見やった。三郎太と違って有傅の小袖は綿入りだ。遥かに温かい。再び声をかけたが、首を少し動かしただけで起きあがろうとしない。ずいぶん苦しそうだ。しかし、訪れたのが呂秀と律秀であると気づき、さすがに表情を動かした。

都人らしい整った顔立ちが、いまは熱でほてって、むくんでいる。気(き)の巡りが滞っている証だ。元気だった頃には、どこか若鷹の目を思わせるようであったまなざしにも、いまはあまり力がない。

傍らへ寄り、呂秀が「お加減は如何ですか」と訊ねると、有傅は眉根を寄せて擦(かす)れ声で「喉が痛うて」と訴えた。

つらいのは喉だけではなさそうだ。溢れる鼻水を拭い続けたせいか鼻は真っ赤で、人中(にんちゅう)も荒れている。目も赤い。顔は湯にのぼせたようである。都以外では見られない木綿で作られた白い単(ひとえ)を身にまとっているが、その襟元に汗染みができている。有傅の歳は律秀より少し上だが、病のせいでいまは何歳も老けて見えた。あきらかに三郎太よりも症状が重い。

有傅は都の官人で、京の陰陽寮に勤めている。夜空に輝く星の動きを観るのが務めだ。同じ部で働く十人のうち最も歳が若い。

地方で庶民のために働く法師陰陽師と違って、都の陰陽師は御所の政を支えている。

陰陽頭を頂点に構成された集団には、四つの部門が置かれ、それぞれに統率者がいる。

まず、吉凶の占いや祈禱を行う六人の陰陽師。多くの人が「陰陽道」「陰陽師」という言葉を耳にしたとき、まっさきに連想する職がこれである。陰陽博士は、陰陽生の指導にあたっている。

二人目は、暦博士。暦を作るのが仕事だ。

三人目は、天文博士。星の動きを観て占星術を行う。

四人目は、漏刻博士。「ときつかさ」「ときもりのはかせ」とも呼ばれ、水時計を警護し、刻まれた目盛りを読んで時をはかる。これによって、博士の下で働く守辰丁は、政庁内で時を告げる鐘を打つことができるのだ。

それぞれの博士のもとには、務めを助けたり巻物を整理したりする者が置かれている。天文生は天文博士の作業を助けるのが仕事だ。これらは平安の世に作られ、以後、揺るぎなき存在として引き継がれている。

昨年の皐月の頃、天文生の有傳は三郎太を連れて、都から播磨国へやってきた。本人にとっては初めての訪問であった。

このとき律秀は、この地の案内役を務めた。

律秀は都のにぎやかさを好むものの、都人、とりわけ陰陽寮の官人に対しては複雑な感情を抱いている。蘆屋道満の血をひく者としては当然の反応だ。しかし、それはそれとして、きちんと務めは果たした。逗留中、これといった問題も起こさず、有傳は役目を終えると、梅雨に入る前に都へ帰っていった。

律秀は、有傳と三郎太を、じっくりと見比べた。

三郎太のほうはもう治りかけていた。本人の話によると、熱がひいたのも早かったらしい。

問題は有傳である。大きく口をあけさせ、舌の表面を見て、喉の奥まで覗き込んだうえで律秀は言った。「これは葛根解肌湯が効く段階を、とうに越えている。柴胡石膏散を方じよう。すぐに飲ませてくれ。金柑の実は手に入ろうか、慈徳どの」

「農人に頼めばいくらでも」

「金柑を皮ごと煮た汁に甘葛か蜂蜜を混ぜて、朝晩飲ませるように。喉の痛みがおさまったら、今度は酸っぱい絞り汁をそのまま飲ませるのだ」

「承知した。ところで、高麗人参なども飲ませてよろしいか」

律秀は目を丸くした。「そんな貴重なものが、どこにある」

「有傳どのが都よりお持ち下さったのだ。朝鮮聘礼使が貢ぎ物として幕府に捧げて以来、都では取り引きされているそうだ。他にもいくつか高価な漢薬を頂いている」

驚きの表情が、みるみる呆れ顔に変わった。律秀は咎めるような目つきで有傳の顔を見た。「どうして、それをすぐに飲まなかったのですか。自分が何を運んでいるか、それぐらいはわかっていたでしょうに」

有傳は睨みつけるような目で応えた。「私は、これを燈泉寺へ納めるために持ってきたのだ。私が飲んでしまったのでは意味がなかろう」

「ご自身が倒れてもか」

「あたりまえだ」

「死んでは元も子もないのに」

「これぐらいで死にはせぬ。さっさと薬を方じてくれ」

ふたりの視線が正面からぶつかった。

慈徳は苦笑を浮かべ、呂秀は困惑しつつ両者を見やった。

以前、有傳が播磨国を訪れたときも、このような調子であったことを思い出していた。

二

昨年、皐月の頃――。

若葉が透き通るような色に輝き、風がはらむ緑の香りが心地よい季節、大中臣有傳とそのお供三郎太は、馬に乗って都から播磨国にやってきた。

通常、都の官人は地方を訪れたりはしない。来るとしたら、都で何か問題を起こして罰を受けたときだ。いわゆる島流しである。

有傅はそうではなかった。

天文の仕事を司る者は、視界がよく、星を見渡せる土地を常に求めている。都での観測だけでは足りない分を、地方に出かけて確かめることがあった。有傅が陰陽寮から播磨国行きを命じられたのは、このためである。

播磨国の陰陽師は、北の山にある廣峯神社や、さらに奥へ進んだ位置にある大撫山の山頂で星を観る。有傅は播磨国に入ると、まずは燈泉寺を訪れて住職に挨拶し、それからこの地を案内してくれる者を求めて、構の薬草園までやってきたのである。

「お忙しいところ、まことに恐れ入ります」という呼び声に草庵の表へ出た呂秀は、馬に乗ったままの有傅と、馬をひき、戸口の前に立つ三郎太と対面した。

有傅は直垂に烏帽子という格好で、地味な色を選んでいるが、絹織りの衣裳はひとめで都人とわかる艶やかさだ。髪は烏帽子の中にすっかり納められており、整った顔立ちと相まって、いかにもすっきりとまとまっている。引き締まった表情と少しくぼんだ目元には、若鷹を思わせる印象があった。馬上にあっても背が高いのがわかる。幼い頃から裕福だと、りっぱな体つきになるのだ。こういうところも、まことに都人らしい。

いっぽう、お供の三郎太は、主よりも低くがっちりとした体つきで、小袖を着て膝丈の括り袴を穿き、その下に脚絆（きゃはん）をつけていた。都人に仕えているので、身分が低いといっても、さすがに馬借（ばしゃく）などよりはましな格好をしている。三郎太がかぶっているのは柔らかい烏帽子であった。有傳の烏帽子よりも高さが控えめで、後方へ向かって折れた形である。

草庵の主に対する礼儀として、せめて、主も下馬しておいてほしいのだがと思いつつも、呂秀はにこやかに応じる。「ようこそおいで下さいました。お話は、燈泉寺の貞海和尚から、うかがっております」

「よろしくお願いいたします」

呂秀はふたりを草庵へ招き入れた。

「馬はそちらへおつなぎ下さい。兄は中で待っております」

客間には薄い畳が人数分置かれ、律秀が先にあぐらをかいて待っていた。

有傳は軽く挨拶すると、天女のように優雅な仕草で両袖をはらい、畳に腰をおろした。三郎太はその後ろに番犬のように控える。呂秀が三郎太にも畳を勧めると、いえ、お気づかいなくと三郎太は丁寧に断った。

有傳は律秀に向かって言った。「今日は、廣峯神社の皆さまへご挨拶申し上げるために、案内をお願いに参った。廣峯神社にお勤めの蘆屋道延（あしやどうえん）どのは、そなたたちの父上であるとうかがっている。したがって、案内役は、律秀どのか呂秀どのの、いずれかにお願いしたいのだ」

呂秀が言った。「ならば兄が相応しいでしょう。父とはしばらく会っておりませんので、ちょうどよい機会です」

「父上と久しいのは、おまえも同じではないか」律秀が不機嫌そうに言った。都人の案内などごめんだといった口調だ。

「私は、たびたび文を送って、こちらの様子を伝えております。でも、兄上は何もなさっておられないでしょう。たまには父上とお話しなさいまし」

「話など何もないのだ」

「そう仰らずに。私は諸用がございますので、兄上にお願いしたいのです」

押し問答の末、呂秀は律秀をなんとかねじ伏せた。理を並べて相手を説得するのは律秀のほうが得意なので、呂秀の言い分が通るのは珍しかった。今回は父絡みの話なので、情で押していくと、さすがの律秀も心を動かされたようであった。

父と兄との疎遠を、呂秀は以前から気にしていた。諍いがあったわけではないのだが、律秀のほうが父を避けている。廣峯神社に戻ったとき、蘆屋の一族の者から引き留められるのも嫌なのだろう。律秀は、父から教えられて星を観る術も知っているのだが、薬師の仕事のほうが面白いと言って、三年前に山から下りてしまったのだ。

かつて、一族の者が律秀の才能に大いに期待し、都の陰陽寮で天文博士に仕えてはどうかと熱心に勧めていた時期があった。

律秀はこれを拒んだ。

そもそも蘆屋家の者が陰陽寮に仕えられるはずがない、もし可能であったとしても、一生、天文生のままであろうと予想し、

「都人の下で縮こまって働くのは、私の性に合いません」

と言い捨てたのだ。

父は父で、「律秀が嫌がるのであれば、無理に勧めるのは正しいとは思えぬ」と一族に進言したので、しばらくのあいだ揉めに揉めた。

地方から陰陽寮へ人を送り込めば、都の様子がよくわかるではないか、その機会を捨てる気か――と熱心に言い立てる一派は、いまでもくすぶっているに違いなかった。

そのような事情から、一応決着はついているはずなのだが、神社に戻れば誰かがまた何かを言い出すかもしれない。律秀はそれが煩わしいのだ。しかし、それで父と疎遠になってしまうのも、もったいない。

蘆屋家の事情を知らぬ有傳は、呂秀と律秀の様子を不審げに眺めていた。

――私が都人だから嫌悪しているのか。

と、誤解した。

山頂へ向かう途中、これが小さな諍いを引き起こすこととなる。

案内役が律秀に決まると、出発を明日とし、有傅と三郎太はそのまま草庵で一夜を過ごした。

翌日、有傅は直垂から小袖と括り袴に着替え、律秀も同じ格好に着替えた。新たな衣を用意してきた有傅と、普段から山へ行くので着古しを身にまとった律秀では、まるで主とお供のように雰囲気が違った。

しかし、律秀はいっこうに気にせず、傷薬や水筒や糒(ほしい)などを収めた袋を背負い、鞘に納めた鉈(なた)を腰に挿した。

「では、参りましょうか」

律秀が促すと、有傅は手ぶらであとに従った。有傅の荷を担ぐのは三郎太である。ふたり分の必要品を詰めた袋を背負い、律秀たちのあとを追った。

田畠が続く平地を抜けて、瑞々(みずみず)しい新緑に彩られた山道に入る。難所はないが、神社があるのは中腹より少し上だ。山に入ると道の傾斜がきつくなってくる。

薬草園から廣峯神社への道のりは一本道だ。決して迷わない。

播磨国の呪術的な守りは、大陸より伝わる風水の理に則っており、城や神社が整然と配置されているため、お互いの位置関係がわかりやすい。

美作国(みまさかのくに)の守護大名であった赤松貞範(あかまつさだのり)が築いた姫路城。そして、備中国(びっちゅうのくに)の学者であり、都では正二位右大臣まで務めた吉備真備の勧請によって創建された廣峯神社。このふたつは、南北を結ぶ直線上に綺麗に並んでいる。風水の四神のひとつである玄武が護る北の廣峯山に神社があり、大地の気が噴き出す場所に姫路城が建っているというつくりだ。

東西には山裾が広がって風よけの砂を成し、土地に噴き出す気の散逸を防いでいる。東は青龍、西は白虎がしっかりと護っている。そして、南に瀬戸の内海があるおかげで、水場によって気の流れが留められ、姫路城周辺に貯まる形となっている。南側を護るのは朱雀だ。

これらは、都と同じく、見事に四神相応にかなっており、この呪術的な配置がある限り、播磨国の安寧は長く護られるのである。

山道を行く途中で、三郎太は、都からここへ来るまでの苦労話を律秀に話してきかせた。旅の不便は想像していたほどではなかったが、それでも、都から離れて見慣れぬ土地を進む中で、ずいぶん心細かったと。「道々、護衛も雇いましたが、何しろ少ない人数です。盗人に荷をとられたらどうしよう、野の獣に襲われたらどうしようと、いっときも心が安まりませんでした」

律秀はうなずいた。「私は、播磨国と都との往復に慣れておりますが、経験がなければ確かに恐ろしいでしょう。しょっちゅう行き来しておりますと、行きはにぎやかな場所へ向かうせいで心が躍り、帰りは我が家へ戻る安心感に満たされますが、旅慣れていなければこれが逆になる。行きも不安、帰りも不安というわけですね」

「はい、律秀さまにとっては、都との往復は庭先を歩くが如きものでございましょうが」

「三郎太どのも、たびたび有傳どのを案内なされば慣れますよ」

すると有傳は少し不機嫌そうに応えた。「慣れるほど往復したくない」

律秀は「ほう、旅はお嫌いですか」とすぐに口を挟んだ。

「都の近くなら構わぬのだが」有傳は冷ややかな調子で続けた。「天文博士から命じられるまで、私は、このような務めがあるとは知らなかった。星ならば、都の北にある比叡山で観ればじゅうぶんだ。なぜ、わざわざ、このような田舎まで遠出せねばならぬのか」

「大撫山からの眺めは、比叡山よりも遥かによいのです。ご覧になればわかります」

「都以外の場所に、都以上のものがあるとは思えませぬな。話が大袈裟に伝わっているのではありませんか」

「ならば、なぜ、以前からしばしば、天文博士や天文生が、この地へお見えになるのでしょうか。大撫山以上に星をよく観られる場所が、都の近くにないからではありませんか」

「律秀どのは、比叡山に参られたことは」

「勿論ございます」

「ご覧になったうえでそう仰るとは、大撫山は、さぞかし素晴らしい場所なのでしょうな」

「まあ、都よりもよいところなど、あちこちに、たくさんございますので」

有傳のむっとした顔つきを、律秀は平然と受け流し、会話を打ち切った。言い争いをしたいわけではない。ただ、地元の悪口を言われると、つい言い返したくなるのだ。

三郎太はあいだに立ち、はらはらしながら様子をうかがっていた。軽く世間話を始めたつもりだったのに、困った方向へ流れたといった感じだ。

播磨国は昔から、都人によって「悪しき人々が住む土地だ」と蔑まれてきた。

律秀たちの先祖である道満は、播磨国では人々から慕われていた法師陰陽師だ。しかし、都人から見れば、政府を転覆させる謀略を手伝った極悪人である。

蘆屋道満と安倍晴明との因縁も、深く影響しているのだろう。

道満に関する古い記録を読んだとき、律秀は、

「この方は、知らぬうちに都の権力争いに巻き込まれてしまった、気の毒な方ではないのか」

と感じたが、都人は、反逆の証拠もあるし記録も残っていると主張する。

だが、最初から仇為すつもりで都へのぼったのだとすれば、己が大切にしていた式神を、わざわざこの地に残していくはずがない。道満自身によって井戸に封印されたその

式神は、主を慕うあまりこの世から消えられず、長いあいだ井戸の周辺をさまよい続けているという。そのように強力な式神を、なぜ道満は故郷へ置いていったのか。いざというとき、最も頼もしい味方となるはずだったのに。

――たぶん道満さまは、都で権力を持つ気などなかったのだ。どうしても上京を断れぬしがらみがあり、仕方なく都へのぼったのであろう。都でうかつな真似をせぬように、わざと最強の式神をこの地へ残していったのではないか。

のちに、その式神が弟のもとに現れ、多少は昔の事情がわかるようになるまで、律秀はこのように考えていた。

　そして、こんなふうに考えを巡らせていると、都人の物言いや態度が、ますます鬱陶しく感じられるのだった。

　登るにつれて山道の蔭は濃くなり、樹々の香りが増してきた。椋(むく)や榛(はしばみ)、橡(つるばみ)や水楢(みずなら)などが斜面から幹を伸ばし、思う存分、葉を繁らせている。唐松(からまつ)の梢に瑠璃色の鳥がとまり、笛のように甲高い声で囀(さえず)っていた。漢薬に似た匂いがどこからか流れてくる。薬草が近くの茂みに生えているのだろう。掌を広げたような楓(かえで)の若葉が、陽の光を透かして苗色(なえいろ)に輝いている。

　道中、一度だけ休みをとった。

道端に置かれた岩に腰をおろし、糒を食べて水を飲む。糒とは、からからに乾燥させた飯である。椀にとって水を足してふやかしても美味いし、そのまま噛み砕いて水を飲むのでもいい。もとは米なので、水を足してやれば膨らみ、腹持ちするのだ。

「照る日でようございましたな」三郎太がのんびりとした口調で言った。「雨に降られたら大変でした。ここは狭くて滑りやすそうです」

「地元の者が登るだけですから」と律秀は応えた。「幅広い道はないのです。都のように大勢の方が参拝するわけではないので」

「では、日暮れどきなどは物の怪も出ますか」

「日暮れどころか、昼でも危のうございます」少々からかうつもりで、律秀はわざと真顔をつくった。「物の怪はよそ者を嫌います。都人――とりわけ陰陽寮から来られた方々には、すすんで悪戯をしかけましょう。ご用心下さいませ」

三郎太はぶるりと身を震わせた。主の顔をうかがって言う。「大丈夫でございましょうか、有傅さま」

「案ずるな」有傅は平然としている。「そのために律秀どのがおられるのだ。物の怪など、あっというまに退散させるだろう」

律秀が横から割り込んだ。「事は、そう易くはありません」

「というと」

「地方におる物の怪は、都に出現するものよりも荒ぶっております。とりわけ山に棲むものは、樹々や大地からたっぷりと気を吸って、手強いのです。退散させるには少々手こずります。播磨国には、山道で凶暴な物の怪に出遭ったという話がいくつもございます。旅する武人や僧侶が襲われ、供に連れていた犬の犠牲で、からくも窮地を脱したという話です。今日は犬がおらず人ばかりですから、よくよく気をつけておかねば、誰かが犬のように犠牲になるやもしれませぬ。このような大物に出てこられますと、私も難儀いたします」

三郎太が、よりいっそう身を縮めた。

ちと脅かしすぎかと思いつつも、律秀は面白がってもう一押しした。「気をしっかりとお持ちなさい。怖がるのが一番よくないのです。物の怪は、そのような者にまっさきに飛びかかりますぞ」

ひえっ、と声をあげた三郎太を置いて、有傅が先に腰をあげた。「行くぞ。そうとなれば、ますます先を急がねば」

「は、はい」

三郎太が、大急ぎで、水を入れた竹筒やら何やらを袋に詰め直すのも待たず、有傅はさっさと先へ進んだ。

ははん、と思い、律秀はにやりとした。

——平然としているが、有傅どのも怖いのだな。

陰陽寮勤めとはいえ、天文生では魔を退ける手順など知るまい。襲われても何もできない。みっともないところを三郎太に見られるのは恥ずかしい、と考えたに違いない。

それにしても、有傅の進み方は早すぎた。もう少しゆっくり、と声をかけようとした瞬間、有傅が顔に近づいてきた虫を払うような仕草をした。蜂にでもまとわりつかれたのか、荒々しく袖をふりながら一歩、二歩と後退した。直後、木の根か石ころにでもつまずいたように体が大きく傾いだ。草鞋が山道の縁を踏み崩す。

あっというまに、有傅の体は、左手に広がる斜面を滑り落ちていった。

三郎太が叫び声をあげて駆け出す。律秀もすぐに追いかけた。滑落した場所から斜面を覗き込むと、有傅は完全に谷底までは落ちきっておらず、灌木の枝をつかんで踏みとどまっていた。どくだみと羊歯が生い茂る藪に片足を突っ込み、苦しげに顔を歪めている。

「お怪我は。お怪我はございませんか」

三郎太が声を限りに呼びかけるが、有傅は返事をしなかった。顔から血の気がひき、全身をこわばらせたままだ。

律秀は背から袋を降ろし、綱を一本取り出した。綱の端を近くの木に固く結わえ、もう片方を自分の腰に巻きつけて、こちらも固く結んだ。それから三郎太に声をかけた。

「いいですか。綱の結び目が解けぬように、よく注意しておいて下さい。私が降りて有傅さまを引き上げます。指示を出したときには素早く動いて下さい」

「承知いたしました。お気をつけて」

幸い、滑り落ちたといっても目で見える場所である。律秀はすぐに有傅のそばに辿り着き、本人の様子を見た。

斜面が下草や落ち葉で隠れているので見逃していたが、有傅は枝を片手にぶらさがっているわけではなかった。両足で斜面を踏みしめている。これなら助けるのは簡単だ。枝から手を離し、律秀が体に巻いてきた綱をつたって、山道まで戻ってもらえばいい。

心配なのは、足を挫（くじ）いたり骨を折ったりしていないか、ということである。有傅の顔色から、それが気になった。

「有傅さま。お怪我をなさいましたか。どちら側の足ですか」

「怪我ではない」有傅は低い声で呻いた。「何かが足を引っ張っておる。動けぬ」

藪に突っ込んでいる左足の先を、有傅は目で示した。

律秀はそちらへ視線を投げ、「脚絆か袴が枝に絡まっているのでしょう。しばしお待ち下さい」と言った。

「だめじゃ」有傅は悲痛な声を出し、首を左右にふった。「触ってはならん。物の怪が私の足をつかんでおるのだ」

「このまま谷底へ引きずり込むつもりだ」

「えっ」

　律秀は眉をひそめた。

　じっと藪を見つめていると、かさりと音がした。確かに何かがいる。有傳の気のせいではない。

「大丈夫ですよ」律秀は有傳の耳元でそっと告げた。「この大きさなら、小鬼のようなものでしょう。たいしたことはありません。鉈で探ってみます」

「飛び出したら大きくなって、そなたに嚙みつくかもしれんぞ」

「ご心配なく。しばらく呪文を唱えますので、有傳さまはお声をたてぬように」

　懐から人形を取り出すと、それで有傳の体を数回撫でたのち、少し離れた場所に置いた。万が一、藪から物の怪が飛び出してきたとき、有傳の身代わりにさせるためである。

　鉈を腰から抜き、鞘をつけたまま藪の中を探りながら退魔の呪文を唱える。物の怪は鉄を嫌う。飛び出してきたらすぐに鞘を抜き、鉈をふるうつもりだった。

　朴柏で作られた固い鞘を通して、確かに、有傳の足に何かが絡んでいるのがわかる。ざらざらした感触だが、樹木の幹と違って弾力がある。鞘でつつくと蠢いた。もしやこれはと目を瞬かせたが、実際に見るまで確信は持てない。思わず奥歯を嚙みしめた。

　――こんなとき、呂秀がいてくれたら。

律秀の身近にいる僧侶や法師陰陽師の中で、本当に物の怪の姿が見えるのは呂秀だけだ。他の者は、見えないままに退魔の呪文を唱えている。これは律秀も同じだった。

それでも多少の効果は生じるのだ。呪い（まじない）に必要なのは手順を守ることである。やり方を間違えなければ、理によって魔は退く。手順を学び、使い方さえ正しければ、物の怪は自然に退くのである。

しかし、呂秀のように、最初から物の怪が見えている者は別だ。姿が見えるしその声も聞こえるので、判断も対処も、他の者とは比べものにならないほど早い。しかも的確だ。

幼き頃、退魔の術を学ぶ前から、呂秀は何をすればいいのかわかっていた。もし、呂秀がここにいたら、藪をかきわけずとも何がいるのか教えてくれただろう。

藪から何かが飛び出してきたとき、律秀は、それが巻き起こす風ぐらいは感じる自信があった。だが、それでは勘頼りで鉈をふりまわすことになる。運よく相手を斬れればいいが、かわされたらおしまいだ。次の攻撃には対処できない。

自分は本当に半人前だ。

呂秀がいてくれて、初めて一人前の法師陰陽師でいられるのだ。

――やはり、無理にでも呂秀を同行させるべきだったか。

「まだか」有傅がつらそうに声をあげた。「ぐいぐい引っ張っておるぞ」

「もうしばらくご辛抱下さい」

「もう待てぬ」

「騒いではいけません」律秀は強く命じた。「ゆっくりと藪から足を引き抜いて下さい。すんなりと抜けるはずですから」

「そんなことをしたら、物の怪も一緒についてくるではないか」

「いいのです。それが狙いです。いま片手でお持ちになっている枝を、両手でしっかりと握り、体を安定させて下さい。そして足をあげる」

律秀は鞘から鉈を抜き、刃を構えてそのまま待った。

有傅は言われた通りの姿勢をとり、怖々と藪の中から左足を持ちあげた。足があらわになった瞬間、ぎゃっと、みっともない悲鳴をあげた。

真っ白な大蛇が有傅の足にぐるぐると巻きついていた。鎌首をもたげ、赤い舌をちろちろと口の先から出し入れしている。

刃をすぐに鞘へ戻した律秀は、正面から蛇をじっと見つめたまま、鞘を大蛇に向かって差し出した。

神を呼ぶ呪文を唱えながら蛇の動きを待つ。詠唱の響きを感じとっているかのように、蛇は有傅の足の上を滑らかに這いながら少しずつほどけ、鞘のほうへ移ってきた。

こちら側へ移ったのを確かめてから、律秀は腰を落として鞘を傾け、大蛇を斜面へ、そっとおろした。

落ち葉の上を泳ぐように、大蛇は斜面をくだっていった。

律秀は立ちあがって有傅を振り返り、「終わりました」と告げた。

有傅が燃えるような目で律秀を睨みつけた。「なぜ、すぐに蛇だと教えてくれなかった。縞蛇（しまへび）や地潜（じむぐり）だとわかっていれば、少しも怖じずに済んだのに」

「毒蛇かそうでないかは見るまでわかりませんので。鞘でつついてうっかり脅かすと、びっくりした拍子に人を嚙みます。蝮（まむし）であったなら、嚙まれたところがひどく腫れ、三日ほどでころりと死にます。そうなってもよろしいなら、次からはそういたしますが」

たちまち有傅の目から怒りが消え、怯えがそれと入れ替わった。

律秀は静かに続けた。「まあ、大事なくてよろしゅうございました。あとはひとりで登れますか」

「大丈夫じゃ。それにしても律秀どのは、あれを、いつ蛇だとわかったのか」

「鞘を突っ込んだときの感触と動きで。しかし、あれは普通の蛇ではありませんよ」

「普通でないとは」

「『私たちの目には蛇に見えていた』だけでしょう」

律秀は地面に置いていた人形を拾いあげ、懐へ収めた。いったん呪（しゅ）をかけた道具なので、あとで焚き上げて浄化せねばならない。「蛇に似た、まったく別の存在かもしれません。私の弟ならば、まったく違う姿に見えたと言ったでしょう。私ですら、あれは、ただの蛇ではないと感じましたから」

「まことか」

「白蛇は神さまの使いともいいますし、神社へ向かう途中ですから、山の神が、私たちの心を試したのかもしれませんね」

有傅の怪我は滑落したときの擦り傷だけで、山道を進む妨げにはならなかった。

廣峯神社まで辿り着き、正殿で蘆屋の一族の者に挨拶したのち、有傅と三郎太には境内にある宿房へ移ってもらった。そちらで体を洗い、傷の手当てをしてもらうためである。

祀られている神さまごとに一間が設けられているので、廣峯神社の正殿は横に長い。律秀は手水舎のそばで手足の汚れを洗い落とした。背後で、何百年もの樹齢を誇る霊木が、心地よい風に揺れて清々しい香りを放っていた。

体を清め、例の人形を焚き上げたあと、律秀は父がいる別棟へ向かった。

父・蘆屋道延は板の間に腰をおろし、畳に座って律秀の到着を待っていた。狩衣に差袴という格好は、この地では神社以外では見かけない出で立ちだ。

髪は数年前よりも白い部分がぐっと増え、一本一本が銀色に近くなっていた。以前にも増して貫禄と親しみが感じられる。

神職に就いているせいか、道延の洗練された雰囲気は有傅に近い。事情を知らぬ者ならば、ふたりのうちどちらが本物の都人なのか、正しくは言い当てられないだろう。

律秀は道延の向かいに座ると、両手を床につき、頭を下げた。「お久しぶりでございます」

「ご苦労であった。有傅どのは、たいした怪我もなく幸いだった。途中で蛇神(へびがみ)さまと出会ったそうだな」

「はい。一瞬、物の怪に襲われたかと肝を冷やしましたが」

「この山の怪など、おまえの手にかかれば即退散するであろう」

「そうとも限りませんので」

道延のまなざしは静かな光を湛えている。律秀が神職を嫌がって山を下りると言い出したときにも、やはり、このような目であったことを律秀は思い出した。一族の者が蘆屋家の将来を心配してたきつけても、道延はとりあわなかった。律秀の好きにさせればいいと。ありがたいとは思うが、それゆえ、律秀にとっては頭があがらない親でもある。だから窮屈さも覚え、再会する気になれなかった。

「呂秀から文が届くゆえ、里での様子はわかっている。おまえには、やはり里の雰囲気がよく合うのだな」

「ええ、毎日楽しくてしかたがありません」

「有傅どのと知り合い、陰陽寮の仕事に興味が湧いたりはしなかったのか」

「都は、遊びに行くだけならよい場所です。働くとなると私には向きません」

「おまえが勤めてくれれば、播磨国と陰陽寮とが和解できる――と未だに言う者がいるのだ」

「いまの陰陽寮は、安倍家と賀茂（かも）家が覇権を握り、形が完成されています。我らが入り込む余地などありません。仮に加えてもらえたとしても、播磨国の陰陽師など、傭人（ようにん）のようにこき使われるだけでしょう。ならばこの地で、庶民の悩み事に応える務めを選びます」

「都で働く者がひとりいるだけで、向こうの様子がよくわかるのだがな」

「皆さまのご期待に沿えず心苦しゅうございますが、私は播磨国と都との連絡係になるのはごめんです。漢薬の研究を極めたいのです。大陸より伝わった漢薬の使い方は、大和国で暮らす人々の体質には合わないものがあります。気候も食べ物も違うのですから当然でしょう。これらを、我らの体質に合うように方じる術（すべ）を探しております。一生かかる仕事となりましょう」

「なるほど。そのような大きな望みがあるのか」

「皆さまには、よろしくお伝え下さい」

「そうは言っても、おまえほど都との往復に向く者はおらぬ」

「もっと若い世代を育てるよう、皆さまに進言なされては如何でしょうか」

どうやら、この問題は、まだ長引きそうである。

道延自身、律秀が「やっぱり陰陽寮で働いてみたい」と言い出せば、すぐにでも準備を整えるつもりなのだろう。

だが、それでは自分のほしいものは手に入らない。人生において、情念を燃やし尽くすことができない。

道延は言った。「何かあれば遠慮なくここを頼りなさい。燈泉寺ばかりに迷惑をかけぬように」

「はい、それは承知しております」

「有傅どのがじゅうぶんに休まれたら、大撫山への案内もよろしく頼むぞ」

翌々日の早朝、律秀は有傅と三郎太を連れ、次の目的地へ向かった。

再び山へ分け入る道を進む。さらに遠く、高いところまで登らねばならない。薬草園から廣峯神社までの何倍もの距離をひたすら歩き続ける。

律秀と三郎太は、神社から託された食料と薬草が入った大きな荷を背負っていた。大撫山の小屋で働く者に届ける品だ。軽い荷物は有傅にも背負ってもらった。

かつて律秀は、この道をよく通った。廣峯神社で神職に就くか、都へ出て働くか、里へおりて薬師となるか。いくつもの可能性を想うたびに心が揺れたが、最終的には薬師の道を選んだ。

神社にいた頃の暮らしが無駄だったとは思わない。

おかげで法師陰陽師としてふるまうとき、律秀は呂秀とは違う作法を用いることができる。これが里では思いのほか人気があった。装束などが物珍しく、それを目にしただけで安心感を得る者もいるのだ。

物の怪が見えない律秀にとって、陰陽師としての外見の華やかさは、人に与える影響を考えるとき大切な要素であった。退魔の術は、漢薬を使って人を治すのと同じだと考えていた。

薬師は、病者の体内で何が起きているのか、実際に目で確かめているわけではない。表に現れる症状を細かく観察し、体内の様子を想像して薬を選んでいるだけだ。理に従い、的確な薬を選べれば病は退散する。物の怪が見えずとも、祈禱の手順を間違わなければ魔が立ち去るのと同じである。

理によって魔を退かせるのが陰陽師なら、理によって病を退かせるのが薬師だ。

大撫山の頂きへ近づくにつれ、周囲に繁る樹木は徐々に消え、視界を遮る稜線が後退していった。

　空が広がり、大気がいっそう冴えてくる。

　あたりが開けきったとき、道の彼方に小屋が建っているのが見えた。

　律秀は有傅たちに告げた。「あれが星を観る者たちがいる場所です。ここで夜ごとに星の動きを記し、交替の時期が来れば廣峯神社まで戻って、私の父が取っている記録とつき合わせます」

「勤めているのは播磨国の陰陽師ですか」

「吉備四国からも参ります。小屋を建てたのは、あちらの方々なので。記録は複数作り、吉備側にも手渡します」

　道の途中で立ち止まると、有傅は少し顎をあげ、放心したような顔つきで、空や周囲の山々を見まわした。「これは、なんと神々しい――」

　大撫山から見える風景には、視界を遮るものがまったくない。

　周囲の山々はすべて目の高さよりも若干下にある。

　連なる峰はなだらかで、青黒く霞んだ影は、凪いだ大海原を見ているようだ。天を仰ぐと、空の広さに全身が吸い込まれそうになる。茜色に染まった西の空には金色の陽がまだ残り、最後の光を雲の隙間から投げかけていた。これから陽が沈み、全天が墨を流したようになれば、銀の粉をまいたような光景が見られるだろう。

自然の雄大さの前では、人も蟻の小ささに等しい。だが、この美しさ、清らかさを感じとれるのは、人である己の心あってのことだ。その確かさを想うと、不安は安心感へと変わる。人もまた自然の一部であり、それは人が自然と同じだという意味でもある。ならば、この限りなく広がる世界と人とは、切れ目なくつながるひとつの存在であるとも言えるのだ。己や他者を小さき者だと卑しむ必要などない。風景を愛でるようにすべてを受け入れ、愛でればいいだけだ。

有傅は微かに声を震わせながら言った。「ここでの星の見え方は比叡山と同じく——いや、日によっては、あちらを遥かに凌ぐでしょう。こんな場所が都以外にあるとは、私はまったく知らなかった。なんという物知らずであったのか。実に恥ずかしい」

律秀は有傅の素直さに驚いた。私情を挟まず、理によって正しい観察ができるのは、その人物が、学問を修める者として優れた能力を持っている証拠だ。有傅は、いま都人としての見栄よりも、眼前にある事実のほうを重んじた。天文生として、一流の才能を備えているからだと言える。

「ありがとうございます」律秀自身も、これまでの態度を少し反省しつつ、頭を下げた。

「今宵は、存分に星をご覧になって下さい」

「ああ、観るとも。都より遣わされた理由が、これで納得できた。しっかり記録を取って帰ろう。都へ戻ったら、この機会を下さった天文博士に、まっさきにお礼を申し上げねば」

　小屋へ近づくにつれ、全体の構造がはっきりと見えてきた。

「向かって左側は物置小屋です」傾斜がゆるくなった道を進みながら律秀は言った。「あそこに炭や薪を置いています。右側が母屋です。その脇に建っている櫓(やぐら)は、星を観るための露台です。母屋とつながっていて、小屋の中から、梯子を登って辿り着けるように作ってあります。あんなふうに支柱が長いのは、野外をうろつく獣が、登ってこないようにするためです。もう少し寄れば、手摺(てす)りに小さな鐘が見えるでしょう。それを打ち鳴らして、母屋の中にいる者を呼んだり、野外の危険を中へ知らせたりします」

　辿り着いた小屋には三人の陰陽師が待っていた。今年の星を観る係である。この者たちは、谷川からの水汲みや薪割り、毎日の炊事も自分で行う。だから、皆、逞しい体つきだ。陰陽師だと言われなければ、炭焼き小屋の働き手か猟師と間違えられるだろう。里よりも寒い場所で暮らすので、衣服は普段から重ね着で冬には毛皮と蓑(みの)もまとう。

　律秀と三郎太は担いできた荷を土間でおろし、星を観る者たちに差し出した。「廣峯神社からあずかって参りました。米と芋と薬草です」

「これはありがとうございます。すぐに白湯を沸かしますので、ゆっくりとお休み下さい」

　板の間の中央には囲炉裏がある。皆でそれを取り囲んだ。持ってきた荷物は隣の間へ運ばれていった。

白湯を頂き、囲炉裏の火で温めてもらった汁物で腹を膨らませたあと、律秀と有傳は蓑を借り、母屋の片隅に作られている梯子を登った。この先が、星を観るための露台へとつながっているのである。

露台へ出ると、刺すように冷たい夜気が襲ってきた。吐く息がほんのりと白くけぶる。南天にはひときわ強く光を放つ星が三つ、北天には目立つ形で並ぶ七つの星が高い位置で輝いていた。

律秀自身も、樹木や稜線に遮られず星を観るのは久しぶりだった。星の位置は季節の移ろいと共に変わり、夏になれば、大河の如く幅広い星々の帯が頭上へ昇ってくる。

律秀は、以前ここで、よく、尾を引いて流れる星を数えたものだ。

それは夏の一時期に特に多く、一晩のうち、多いときには数百を超える。火球を目にした夜もある。音もなく輝き、長く長く燃えて消えていった。凶兆だったのか吉兆だったのか、当時の律秀には判断できなかった。

有傳が律秀に声をかけた。「都の陰陽寮については、どれぐらいご存じか」

「あまり」と律秀は応えた。「ほとんど興味がないので」

「こちらには、そなたを陰陽寮へ推薦したい人々がいるようだぞ」

「知っています。断ったのですが、まだ執着している者がいるようで。嘆かわしい話です」

「地方の陰陽師にとって、都での出世は夢ではないのか」

「人による、としか」

「廣峯神社で少し声をかけられた。昔のことは水に流して、播磨国の陰陽師を再び京へ入れてくれぬかと。そのように頼んできた者がおってな。私ひとりでは決められぬと断ったが、都へ戻ったら確かめてみてくれと強く頼まれた。本当に何もしなくてよいのか」

「はい。有傳さまがお手を煩わせるような話ではありません。捨て置き下さい」

「恨まれないかな」

「恨む者がおりましたら、私がなんとかいたします」

「欲のない生き方じゃのう」

「そうでもありません」

「まあ、住めば愛着も湧くのであろうな。私も、天文生でなければこの地を訪れもせず、何も知らないままに、一生、播磨国の陰陽師を蔑んでいたのであろう。天文博士からの命に従ったのは、備中国との関係を壊すわけにはいかないという——そのような理由だったのだが」

「なるほど」

「備中国は陰陽師の始祖を生んだ土地だ。その始祖が開いた廣峯神社を、都の陰陽寮は粗末にはできぬ。とはいうものの、道満どのとの一件があるゆえ、素直に陰陽寮に播磨国の者を入れるわけにもゆかぬ」

「そのあたりはこちらも承知しておりますから、お気づかいなく」

「次に来るときは冬の夜空を観たい。ここは、かなり寒くなるのだろう」

「ええ、次はじゅうぶんに寒さの備えをなさってからお越し下さい。寒い時期、ここでは朝方、見事なまでの雲海が見られます。眼下のすべてが雲に沈み、まるで天上にいるような心持ちを得られるのです。見渡す限りの雲の向こうから陽が昇る姿は、言葉に尽くしがたいほど輝かしい」

律秀は身をよじり、北の方角を指さした。「都の方はお笑いになるでしょうが、あちらの峠には、安倍晴明さまの墓と呼ばれるものがございます。そして西側には、我らが始祖、道満さまの墓が。古き言い伝えによりますと、道満さまが都から追放されてこの地へ戻ったのち、なぜか晴明さまがあとを追ってきて、ふたりはあの峠で戦ったそうです。激しい呪術合戦の末、両者は相討ちとなったとか。だから、あそこに墓があるのです」

「それは奇妙な話だな。晴明さまの墓は、都の者にすら秘匿されておるほどだ。生前あまりにも強い力をお持ちだったので、亡くなったあとにその力を悪用されると大変だというわけで、都のあちこちにある晴明さまの墓は、どれも目くらましの偽物なのだ」

「はい。きっと、こちらにあるのも、本物とは言いがたいのでしょう。ただ、播磨国に住む者は、この言い伝えを信じております。さらに晴明さまは、この大撫山で星占いをしたとも伝えられています。これも作り話かもしれませんが、なんとも奇妙なご縁を感じますね」

「大中臣家は賀茂家に仕える身だから、私は安倍家との直接のご縁はないのだ。それでも、都の陰陽師と地方の陰陽師がこの地でまた出会うとは、これは何か意味があるに違いないぞ」

「有傳さま、今宵の星は何かを語っておりますか。星の動きを観るだけでなく、それをもとに運命を占うのが天文生の役目でしょう」

有傳は空の高い位置を見あげた。しばらく考え込んだのち、静かに告げた。「きちんと占ってみなければ細部まではわからないが――近い将来、大きな出来事が起きるかもしれん」

「この地で、ですか」

「いや、もう少し広い範囲だな。都のほうまで含まれる。国が滅ぶような災厄ではないが、気をつけておいたほうがいいかもしれん」

「わかりました」

しばらく大撫山に逗留したのち、有傳たちは律秀に連れられ、再び廣峯神社へ戻った。

神社の者に挨拶を済ませたあとは、里へ下り、しばらくのあいだ燈泉寺に逗留していた。

梅雨に入る前、有傳たちは再び薬草園を訪れた。律秀と呂秀に「ぜひ、また寄らせてもらうぞ」と言い残し、三郎太を連れて都へ戻っていった。

三

「――というわけで、あの日仰った通り、わざわざ冬に来られたのですか」

燈泉寺の宿所で寝床に横たわる有傳に向かって、律秀は呆れた口調で訊ねた。「いくら冬の星が観たいからといって、無理にこの時期に来なくても」

「いや、このたびは一年間お邪魔するつもりで参ったのだ」有傳は喉の痛みのせいで苦しげに息を吐きつつ続けた。「冬の星をじっくり観て、次の年に都へ戻る。陰陽頭からも許しを得ている」

「ならば、なおのこと、ご持参のお薬を飲めばよろしかったのに。ここで病に倒れたのでは意味がないでしょう。なぜ、ご自身に用いなかったのですか」

三郎太が横から口を挟んだ。「律秀さま、有傳さまを責めないで下さいまし。有傳さまは旅の途中で、数限られた薬を、すべて、この私めに方じて下さったのです」

律秀は目を見開いた。なぜ、とは問わなかった。一瞬でその意図を察したのだ。

三郎太は背を丸め、うつむき加減になって切々と続けた。「有傅さまは熱を出した私に向かって、『都の官人になるような者は、子供の頃からたくさん食べ、贅沢な暮らしをしているので体力がついている。しかし、三郎太は、きちんと食べられないまま大人となり、いまでも病を得やすい体質であろう。だから熱を出したときには、すぐに薬を飲んだほうがいいのじゃ。私はまだまだがんばれる。旅の途中では、道案内をするおまえが倒れたほうが大変だ。だから、まずおまえが病を治しなさい』と。本来ならば有傅さまが飲むべき薬を、私のような身分の低い者が先に頂いてしまったのです。責められるべきは私です。どうぞ、お許し下さい」

伏して謝る三郎太に向かって、「よい、よい」と有傅が声をかけた。「なんとか無事にここまで来られたのだ。あとは律秀どのがなんとかして下さるだろう。それよりもおまえは、一日も早く回復し、寺の用事を手伝ってあげなさい。今度は一年間住むのだから、我らは客人ではないのだぞ。それをよく心得よ」

呂秀がにっこりと笑い、「左様でございましたか」と、有傅と三郎太の顔を交互に見た。「ならば、ここの僧には私からよく伝えておきましょう。安心して養生なさって下さい。兄が言う通りに過ごせば、すぐにでも快癒いたしますよ」

「まったく煩わしき方だ」律秀は眉根を寄せてみせたが、発した声は朗らかであった。

「都人はこれだから困る。播磨国の者が想像もできぬ奇妙な真似をする」

「そこがよろしいのでございましょう」呂秀が律秀の言葉を引き継ぎ、有傳に向かって言う。「奇妙なのは兄も私も同じです。あらためて、よろしくお願いいたします」

「うむ。私も、易々と己のやり方を捨てる気はありませぬのでな」有傳は少しだけ若鷹に似た目つきを取り戻すと、明朗な笑みを浮かべて応えた。「どこの地へ参ろうとも、都人は都人。馴れ合いはいたしませせぬ。そのほうが皆さまも楽しゅうございましょう」

第四話

白狗山彦（しろいぬやまひこ）

一

冬も半ばとなった頃。

熱病で寝込む人々の数も徐々に減り、呂秀と律秀が病者を診る日も少なくなった、ある朝――。

薬草園内の草庵の戸を、ほとほとと叩く音がした。

野良着姿で草鞋を編んでいた呂秀は、土間へ降り、戸を閉じたまま、外へ向かって声をかけた。「どなたさまですか」

「山から来た者です」野太い声が響いた。「妻の病に効く薬がほしくて来ました。こちらなら、応じて頂けると聞き及びまして」

「燈泉寺には参られましたか。あちらには療養院もございます」

「妻は長く病に伏しており、もう自力では歩けません。こちらに頼めば、薬師どのに家まで来て頂けるとうかがいました」

そこまでひどい病状であれば、この冬、家々を巡ったときに気づかぬはずはない。噂すら耳に届いていないのは解せなかった。

呂秀は、囲炉裏のそばで書物を開いていた律秀に声をかけた。「兄上、中へ入って頂いてもようございますか」

律秀は気怠そうに答えた。「ああ、構わん。話を聞こう」

そろそろ、書物を読み続けるのも飽きていたようだ。呂秀はうなずき、つっかえ棒をはずして、戸を少しだけ開いた。

雪の匂いが流れ込んできた。鈍色の空から絶え間なく降る白いものが、地面を覆いつつある。

凍えるような寒さの底で、毛皮を着込んだ男が、蓑をはおり、笠をかぶった格好で立っていた。それだけなら、どこにでもいる壮健な農人にすぎない。異様なのは、その頭部だった。

男の頭は人ではなく獣——山狗（狼）そのものだった。ふさふさとした毛は銀色に輝き、黒く艶やかな鼻を中心に、額と頬にかけて濃い灰色の毛が交じっている。くっきりと縁取られた双眸は、ただの獣とは思えぬ知的な光を放っていた。

殺した山狗の頭を被っているのではない。人の体のうち、頭だけが山狗なのだ。少し開いた口からは、煙のように吐息が洩れ、鼻先はしっとり濡れている。頬が呼吸にあわせて動く。かぶりものでは、こうはいかない。

普通の者なら腰を抜かすような光景だが、呂秀は落ち着き払い、相手に穏やかな笑みを返した。

――いつもの、あれか。

呂秀には物の怪が見える。物の怪を感じるには特別な目が必要で、法師陰陽師であっても、必ず見えるわけではない。だが、呂秀は幼い頃から、この能力をそなえていた。あまりにもよく見えるので、多少の怪異では動じなくなったほどだ。

今日も恐怖はなかったが、一種独特の人を圧する力を感じ、うかつな対応をすべきではないと、すぐにわかった。

呂秀は頭の中で、己の式神に向かってそっと呼びかけた。「あきつ鬼。これは危険な物の怪ですか。私たちに用があるようですが」

すると、あきつ鬼は姿を隠したまま、呂秀に言った。「おまえが何も感じないのであれば、悪しきものではあるまい。心配せずともよい」

「物の怪のほうから、草庵まで訪ねてきたのは初めてです」

「それは物の怪ではない、山の守り神だ」

「えっ」

「おまえの兄は、昨年、廣峯神社へ行く途中で蛇神さまとお会いしているだろう。そのとき、山の神々とご縁ができたのかもしれん。心してあたるがよい」

「物の怪は慣れていますが、神さまとは荷が重すぎます」

「重いかどうかはおまえが決めることではない。神は、相応しいと思うところへ姿を現す。兄弟そろって神に魅入られるとは、なんともめでたい話ではないか。心してかかれ。神さまの怒りをかうと、物の怪とは比べものにならん害を受けるぞ」

燃えるように赤い鬼が、からかうように豪快に笑う姿が、呂秀の脳裏に浮かんだ。

あきつ鬼は恐ろしい姿をしているが、呂秀を困らせるような嘘をついたり、ひどい目に遭わせたりはしない。式神として、おとなしく仕えているだけだ。これまでも、いろいろと助けてくれた。そのあきつ鬼が「心配ない」と言っているのだから、信じておくべきだろう。

あきつ鬼との対話を打ち切ると、呂秀は戸口を開き、白狗を招き入れた。「お入り下さい。兄がお話をうかがいます」

律秀は、呂秀と違って、人ならぬものを見る目は持っていない。この者が山の神であることに、まったく気づかないかもしれない。もし、農人を相手にするように砕けた調子で喋り始めたら、外へ連れ出し、事情を話さねばなるまい。

白狗は笠と蓑を脱ぎ、土間の片隅にたてかけた。ぴんと立った白狗の耳があらわになる。耳の中には、体毛よりも細い毛が生えており、思わず触れてみたくなったが、神さま相手に無礼を働くわけにはいかない。すみやかに囲炉裏のそばへ導いた。

いっぽう、律秀は白狗と向き合うと、寒いのに大変だったでしょう、白湯は如何ですかなどと呑気に呼びかけた。やはり、白狗としての姿が見えていないのだ。体格のいい農人が、ひとり訪ねてきたという印象なのだろう。

客人に畳を勧めて板の間に座らせると、律秀はすぐに「病の様子について、詳しくお聞かせ下さい」と言った。

白狗はうなずき、語り始めた。「妻は以前から体が弱く、私が薬草を摘み、毎日煎じて飲ませていたのですが、次第に効かなくなりまして」

「咳や熱はどうですか」

「ありません」

「体のどこかが痛いとか」

「痛みはなく、全身がだるいと」

「腫れや、むくみは」

「むしろ皮膚はしぼみ、ひどく痩せております」

「嘔吐するとか、下からの出血は」

「ありません」

「食事はどうです。汁物も喉を通りませんか」

「はい。なるべく食べてほしいのですが、本人はもういらないと言うばかりで」

「歳はおいくつですか」

「三十八と聞いております」

「生まれはこの近くですか」

「都で長いこと働いておりました。工人（建築にたずさわる者）のために、朝夕の食事や飲み水をそろえるのです。工人は何十人も集まって働くので、世話をするのは大変だったそうです」

「あなたとはそちらで」

「いえ、妻が仕事から離れ、地方へ下る途中で知り合いました。ひとり身だったので、共に暮らさないかと私のほうから声をかけまして」

「その頃は、お元気でしたか」

「既に、だいぶ疲れている様子でした。地方の暮らしで少しずつ回復するかと思われたのですが、やはり長年の無理がたたったようで」

律秀はうなずき、「薬を選びますので、しばらくお待ち下さい」と告げてから、呂秀を手招きした。「奥の間に置いてある人参を探すから、手伝ってくれ」

呂秀は「はい」と応え、白狗のほうを振り返った。「少し時間がかかりますので、ここで温まっていて下さい」

「ありがとうございます」

　奥の間でふたりきりになると、呂秀は律秀に近づき、耳元で囁いた。「あれは人ではありません」

「ああ、やはりそうであったか」律秀は涼しい顔で薬箱を開きながら言った。「独特の雰囲気があったからな」

「兄上にも、何か見えているのですか」

「いや、何も見えんが雰囲気でわかる。いったい、なんなのだ。あれは」

「山を守っている神さまです。人の体に、白狗の頭が載っております」

　律秀は目を丸くした。「なんともすさまじいな。危なくはないのか」

「いまのところは物静かです。敵意も感じません。ただ、訪れる先は普通の家ではないでしょうから、神さまに失礼にならぬよう、敬意をもってあたらねば」

「こういうときこそ、おまえの式神に護らせてはどうだ」

「既に話しました。あれが神さまだと教えてくれたのも、あきつ鬼です。あとをついて来るはずですから、もしもの場合には頼ります」

「どうやって」

「私たちは頭の中だけで会話できますので——。そういえば、去年の初夏に兄上が蛇神さまと遭遇したことも、あきつ鬼は知っておりました。『兄弟そろって神に魅入られるとは、なんともめでたい』などと」

「蛇神さまも独特の雰囲気をまとっておられたが、異形というわけではなかったな。今日の神さまは、特別なのであろうか」

「わかりません」

「我らの力が、なんの役に立つのだろうな」

「何か、人が行かねばならぬ理由があるのでしょう。妻、という言葉が気になりますね。なぜ、神さまが、人と共に暮らしておられるのか」

ふたりは薬簞笥(だんす)から手提げ箱に漢薬を詰め、寒さを防ぐ格好に着替えた。呂秀は僧衣を身にまとい、律秀は素襖の上にもう一枚、綿の入った衣を着込む。雪よけの脚絆でふくらはぎを覆った。

囲炉裏の間に戻り、客人に「では、参りましょう」と呼びかけた。

白狗がうなずいて立ちあがると、囲炉裏の炭が一瞬だけ赤さを増した。まるで、火の神が挨拶したかのようだった。

呂秀は火箸で炭をつまみ、火消し壺に収めて蓋をした。

土間へおりた呂秀たちは、雪道を進みやすいように爪先を筒状に編んだ草鞋を履いた。

蓑をはおり、笠をかぶる。白狗も身支度を整えた。

外では、雪がいっそう強く降り始めていた。

二

予想していた通り、白狗は里ではなく、北側に広がる山を目指した。降り積もる雪を、さくさくと踏みながら進んでいく。廣峯神社へ続く道ではなかった。鳥や獣を狩りに入る道である。

白狗が何も喋らないので、呂秀と律秀も黙々と歩いた。呂秀はあきつ鬼の気配を感じていたが、依然として、本人は姿を見せようとしない。式神と山の神とでは力の差がありすぎるので、相手を恐れているのかもしれない。人である自分たちには偉そうにするが、山の神にはかなわないということか。

さほど登らないうちに、小屋がひとつ見えてきた。これほど間近なら、普段から気づいているはずだが、農人から、このあたりの噂を聞いた覚えはない。

ずいぶん古びた小屋だ。茅葺(かやぶ)きの屋根は白く、凍てつくような寒さの中では、鳥の鳴き声や獣の遠吠えひとつ聞こえてこない。

白狗は戸口を叩き、「帰ったぞ」と中へ声をかけた。すると、内側でつっかえ棒をはずす音がして、童女が戸の隙間から、うれしそうな顔をのぞかせた。雀の子のように丸い顔立ちで、くるくると大きな瞳を動かして白狗を見た。「おっとう、お帰り。薬師さまはおられたか」

「ご案内してきた。はよう入れてくれ」

「人はいいが、物の怪は入れられん」

「そんな者はおらんぞ。薬師さまと和御坊さまだけだ」

「赤いのがおる。角がある鬼じゃ、怖い怖い」

呂秀は驚き、頭の中であきつ鬼に呼びかけた。「あきつ鬼、少し離れていなさい」

「うむ」あきつ鬼は低い声で唸り、わかったと応えた。「わしは屋根へまわって茅に潜み、そこから様子を眺めるとしよう」

「何かあればすぐに呼びます」

「面倒だが、そうせざるを得まい」

あきつ鬼が気配を消すと、童女は「あっ」と声をあげた。「消えてしもうた。いまのは、なんじゃったのかのう」

呂秀は微笑を浮かべ、自分から声をかけた。「そろそろ、中へ入ってもよろしゅうございますか」

童女はうなずき、戸口を大きく開いた。「どうぞ。おっかあを、はよう診てあげてつかあさい。えろう苦しそうなんじゃ」

白狗が言った。「偉い薬師さまが来られたのだ。かえでは、もう何も心配はいらんぞ」

童女の名は、かえでというらしい。呂秀と同じく、自然に物の怪の姿が見えるようだ。

呂秀は己の幼少期を思い出し、ふっと笑みを洩らした。かつて、得体の知れない存在に悩まされた呂秀を気にかけ、大人たちの無理解からかばってくれたのは律秀である。今度は、自分がこの子を気づかう側になるわけか。

かえでは雀の子のように飛び跳ね、囲炉裏の間へあがった。奥の間の戸を引いて、中へ向かって声をかける。「おっかあ、薬師さまが来て下さったよ。とっても効くお薬を持ってらっしゃるよ」

薄暗い部屋に、女人がひとり横たわっているのが見えた。板の間に畳が一枚敷かれ、女人は、色鮮やかな綿入れの小袖をかぶっている。家の古さや暮らしぶりの質素さと比べると、ここだけが特別な扱いで、病者への特別な愛情が感じられた。

呂秀と律秀は蓑と笠と草鞋を脱ぎ、すぐに板の間へあがった。奥の間へ入り、女の傍らに腰をおろすと、「拝見させて頂いてよろしいでしょうか」と声をかけた。

女人はうなずいたが、畳からは起きあがらなかった。肌の白さが尋常ではない。全身に霜がおりているかのようだ。髪にもずいぶんと白いものが交じっている。

律秀は脈をとるために肌に触れ、驚いた。ひどく冷たい。吐く息すら凍えているのではないかと思うほどだ。首筋や腹部を触診し、口をあけさせて中を覗き込む。腫れや爛(ただ)れはみとめられなかった。が、全身の「気(き)」の流れが弱く、生者としての気配が薄い。

女人に用いる漢薬の処方は多く、効きもよい。冷えを治し、血のめぐりを整えるのが基本で、産後ならば、全身の不調や乳の出の悪さだけでなく、気鬱などもゆるやかに改善させられる。

冷えには、熟乾地黄(じゅくかんじおう)、牡丹皮(ぼたんぴ)、当帰(とうき)、芍薬(しゃくやく)をはじめとする数々の漢薬が役立ち、その組み合わせ方も豊富だ。まずは、この「気」の流れの悪さを、なんとかせねばならない。

呂秀が「お名前は、なんと仰るのですか」と訊ねると、「ちづ、と申します」と、女人は小さな声で答えた。

「ずっと、三人だけで暮らしているのですか」

「はい」

「どこか痛いところは」

ちづは、ゆっくりと首を横にふった。

律秀は続けた。「白湯ぐらいは飲めますか」

「それぐらいならば」

「体が弱っていると薬の効きが悪いので、まずは人参で体力を回復させましょう。幸い、都から届いたばかりの質の高い品があります」

「私などに使って頂くのは、もったいのうございます。里で、別の方に」

「遠慮なさいますな。せっかく、あなたの」と言いかけ、急に思い出したように律秀は訊ねた。「そうだ。あなたの夫の名を、まだうかがっておりませんでした」

「山彦と申します」

「その山彦どのが、この雪の中、わざわざ里まで下りて、あなたのために薬を求められたのですよ。気にせず飲んで下さい。煎じ方は、山彦どのにお教えします」

「しかし、私は――」

ちづは囲炉裏のほうへ視線を投げた。白狗はかえでを膝に載せ、前後左右に揺すって遊ばせていた。かえではきゃっきゃっと喜び、飛び跳ねていたが、やがて遊び疲れたのか、動きがゆるくなって、うとうとし始めた。白狗は、しばらくかえでをあやしていたが、すっかり寝入ったのを確かめると、静かに床に置き、体の上に小袖をかけてやった。

囲炉裏ばたから腰をあげた白狗は、奥の間へ入ってきた。三人で、ちづを取り囲む格好になった。かえでの様子を見守れるように、引き戸はあけたままである。

白狗が言った。「深く眠らせたので、しばらくは起きないでしょう」あらためて律秀のほうへ向き直り、訊ねる。「妻の具合は如何でしたか」

「きちんと治したいなら、ここに置くのはだめです。里へ下ろし、燈泉寺の療養院に入れて下さい」

「薬だけ頂いて、私たちが世話をするのはどうでしょうか」

「この時期、山は寒すぎます。これでは薬の効果も半減します」

ちづが横から口を挟んだ。「山彦さま、やはり正直にお話ししなくては。私から切り出しても、よろしゅうございますか」

ちづの言葉は、妻が夫に呼びかけるときの調子ではなかった。まるで主に仕える下女だ。

律秀は少しだけ眉をひそめた。あらかじめ、呂秀からこの男が神さまだと知らされていなければ、嫌味のひとつも放っていたところだった。

「事情があるなら、うかがいます」呂秀が言った。「かえでさんが目覚めないうちに、手早く済ませましょう。我らで手に負えないことは、燈泉寺の和尚（わじょう）さまに相談できますので」

「ありがとうございます」

ちづは白狗に支えられ、畳の上に身を起こした。

小さく息を吐き、語り始めた。

三

「私は長いあいだ、都で工人の仕事を手伝っておりました。手伝いといっても、私自身は木材も運べないし、切ったり削ったり組み立てたりもできない。それは男たちの務めでした。私たち女人の仕事は、大鍋で野菜や豆の汁物を作ったり、雑穀飯を炊いたりすること。男たちはひっきりなしに働きますから、私たちも休む暇などありません。新たに屋敷を建て、古びた建物を修繕し——。そのような場で、私はひとりの男と仲よくなり、夫婦になりました。が、子をなす前に、夫は倒れた木材の下敷きとなり亡くなってしまいました。以後、私は、ずっとひとり身です。そのうち私も体を悪くして、子供の頃に過ごした土地へ戻ろうと決め、季節のいい時期に都を発ったのですが、旅の途中でひどい眩暈(めまい)に襲われ——。道端でうずくまっていたときに、山彦さまが助けて下さったのです」

ちづは、呂秀と律秀の顔を交互に見ながら訊ねた。「薬師さまと和御坊さまには、山彦さまが、どのような姿にお見えでしょうか」

律秀が先に答えた。「普通の方に見えます。しかし、普通ではないことは気配でわかります」

呂秀も続けた。「私の目には、山の神さまのお姿に。里に来られたときから、ずっとそうでした」

ちづはほっと息をつき、初めて笑みを浮かべた。「さすが、法師陰陽師のご兄弟です。

お招きしたのは正しゅうございました。仰る通り、山彦さまは人ではありません。『山彦』とは、山の神、山霊(さんれい)を呼ぶ名でございます。道端に倒れた私に、山彦さまは直接声をかけ、命をもう少し延ばしてやるから、自分を手伝ってくれないかと申されました。私は畏れ多いと思いつつ、訊ねました。『そのようなお仕事は、巫女でなければ、かなわぬのではありませんか。私は、かつて夫を持った身でございます』と。すると山彦さまは仰いました。『神に仕えるには男を知らぬ若い女でなければならない――というのは、人が勝手に定めた決まりだ。私は、誰であろうと少しも構わぬ。むしろ、世間に詳しい、歳を経た女がほしいのだ。心配せずについて来なさい』」

白狗は平然としていた。ちづが次に発する言葉を静かに待っている。

呂秀も律秀も目を丸くし、思わず白狗の顔を見つめた。

ちづは話を先へ進めた。「山彦さまに触れて頂くと、それまでずっしりと重かった体が、急に軽々と動くようになりました。二十も、三十も若返ったようでした。私が無邪気にはしゃいでおりますと、山彦さまは釘を刺すように仰いました。『私はおまえに仮の命を足しただけだ。いずれは、その分も含めて寿命が尽きるであろう。さほど遠くない日なので心せよ』と。それでも、長年の腰痛や節々の痛みから解放されて、晴れ晴れとしたのは久しぶり。このまま暮らせるなら、あとわずかで死んでも、少しも悔いはないと思えました」

そして、元気になったちづに与えられた務めは、かえでを育てることだった。

自身に子はなかったが、ちづは都へ働きに出るまでは、実母と共に弟や妹の面倒を見てきた。かえでひとりぐらい、まったく苦にはならなかった。しかも白狗は、暮らしに必要なものは、すべてそろえてくれたのだ。

「かえでは、ここから少し離れた、西のほうの土地で暮らしていた子です。流行病で父母兄弟を亡くし、行き場を失いました。この一家は、日頃から山の神への感謝を忘れず、捧げ物を欠かしませんでした。そのため、山彦さまはかえでを大変憐れみ、ご自身が守る山へと連れ帰ったのです。ただ、神さまですから、人の子の扱い方がわからない。誰か上手にあやしてくれる者はおらぬか、と探しているうちに、偶然、私を見いだして下さったのです」

「では、かえでさんは、あなたを本当の母親だと」

「はい。家族を失ったのはとても小さな頃なので、かえでには、はっきりとした記憶がありません。覚えているのは、ここで暮らし始めてからのことだけで」

「ならば、これからもおふたりで」

「そのことでご相談がございます。山彦さまは神さまですし、私はこのように仮の命を足されただけですから、よきお薬を頂いても、人としての寿命はもう長くありません。そこで、あなた方に来て頂いた機会に、かえでを里へ戻したいのです。あずけられそうな先をご存じありませんか」

「帰すとは、かえでさんだけを」

「はい。山彦さまが、いつまでも、ひとりで育てるわけにはゆきませんので」

呂秀と律秀は顔を見合わせた。

律秀が訊ねる。「燈泉寺はどうなのだ。身寄りのない子を受け入れられようか」

呂秀は応えた。「いまおられる皆さまは、子育てなど何も知らない方ばかりかと」

「それもまた、修行と考えてはどうなのか」

「呑気なことを。人の命をあずかるのですよ」

「では、我々の薬草園を手伝わせようか」

「かえでさんに必要なのは、普通の農人の家でしょう」

「だが、農家はどこも豊かではないぞ。ひとり増えるだけで負担になる」

呂秀はしばらく考え込んでいたが、やがて「ああ、それなら」と膝を叩いた。「ひとり、お世話を頼めそうな方が」

「誰だ」

「大中臣有傅さまです。三郎太どのと共に、いま、寺の離れで寝起きしておられます。書物を読んだり、星を観たりしているだけですから、皆よりは手があいています」

律秀は思わず眉根を寄せた。「あの面倒な性格の方にできようか」

「できるできないではなく、やって頂くのです。幸い、いまは、なぎさんがふたりの身近におられます。有傅さまでは手がまわらない分は、なぎさんにお願いすれば」

なぎは、薬草園の世話を手伝ってくれていた女人である。漢薬の畠は広く、呂秀と律秀だけでは手がまわらないので、近くの農人にも来てもらっている。なぎはそのひとりだ。

有傅と三郎太が播磨国へ来て以来、ふたりにこの土地での暮らし方を教えるため、なぎは燈泉寺に通っていた。謝礼分しっかりと働いてくれるので、気兼ねなくものを頼める相手だ。

「なぎさんの仕事を、また増やしてしまうなあ」

「誰にお願いするにしても、ひとりは女人が必要ですよ。男だけではどうにもなりません」

白狗がふたりに声をかけた。「大中臣有傅というのは、都から来られた方ですね」

「ええ」律秀が応えた。「昨年の初夏、廣峯神社と大撫山を訪れましたが、もしやご存じでしたか」

「蛇神どのから話を少し」

「有傅どのは、都を基準にものを考えて行動なさいます。そのため、この地においては少々奇人に見えますが、根は悪い方ではありません」

「学のある方におあずけできるなら、とてもありがたい。かえでには、生きる知恵を学んでほしいので」

「有傅どのは天文生ですから、生活に役立つ知恵には疎い気がいたします」

「知恵は必ずどこかでつながります。ひとつ知れば、他の物事を知るのも早くなる。天文生とあなた方から知恵を得れば、かえでは、よき呪い師にもなれましょう」

「そうですね。女人や幼子のために、これからは女の薬師も必要になるやもしれませぬ。有傅どのに任せつつ、我々も知識を授けましょう」

「よろしくお願いします」

「ところで、里へ下ろすといっても、どうやって、あなた方との別れを納得させますか。かえでさんの歳では理解できないでしょう。離れるのは嫌じゃと、だだをこねて泣き叫びましょう」

「それについても、ご相談したいのです。きちんとお別れしたほうがいいのか、何も告げずに、私たちがふっと消えるほうがよいのか」

呂秀が言った。「かえでさんは、私と同じく物の怪が見える目を持っています。あなたが山の神であることに、もう、気づいているかもしれません」

白狗の瞳の黒い部分が大きくなった。「知っていて、おっとうと呼んでいるというのですか」

「どのような姿であっても、かえでさんにとっては大切なおっとうです。愛しい気持ちで溢れているのですよ——。ところで、ちづさんの魂は、寿命が尽きたあとはどうなるのですか」

「あの世に参ります。神さまにお仕えしていたとはいえ、私はただの人なので」

「では、山彦さんは、これからはおひとりで」

「はい。本来は、ひとりで山を守るのが務めですから」

夢の中でお別れし、目がさめたらふたりがいなくなっている——という形にするのか、あるいは、現実において別れの言葉を交わし、かえでの前から立ち去るのがよいのか。

四人は、しばし考え込んだ。

律秀が言った。「私は、すべてを話すべきだと考えます。幻のように消えてしまったら、かえでさんは、また同じ目に遭ってしまう。それは、むごくありませんか」

白狗は低く唸った。「しかし、かえでが納得してくれなかったら、我々はどうすれば」

「泣きやむまで話を続けて下さい。それしかありません」

律秀は両手を膝に載せ、深々と頭を下げた。「山の神に対して無礼を申し上げているのは承知のうえです。ただ、人としては、それ以外は考えられません」

呂秀も横から口添えした。「兄の言う通りだと思います。かえでさんには、人ならぬものが見えるのです。普通の幼子よりも、素早く物事の理（ことわり）を悟るやもしれませぬ。実は、我らも早くに母を亡くしておりますので、今回の件は、とてもひとごとには思えません。あのとき我らは、かえでさんより、もう少し年上でしたが、いつのまにか母がいなくなってしまうよりも、自分たちで看取れたのはよかったと、いまでも信じております。あのとき私は、母の魂が亡骸から抜け出したところを、はっきりと、この目で見ているのです――」

それは呂秀にとって、いまでも忘れられない強烈な体験である。

ある秋の初め、風に涼しさを覚えるようになった頃。

長く闘病していた母は、夏の暑さで体力を使い果たしたのか、秋の訪れと共に、寝床で静かに息をひきとった。

母の死を目の当たりにして、律秀は大声をあげて泣き出した。父もうつむき、ぽろぽろと涙をこぼした。

呂秀だけが呆然と母の亡骸を凝視していた。死を理解できなかったのではない。横たわる母の体から、透明な何かが抜け出そうとしていることに気づいたのだ。

それは完全に人の形になると、すうっと母の体から離れ、綿毛のように室内をさまよい始めた。

これが人の魂か――と、呂秀は夢をみるように眺めていた。魂の外見は生前の母そっくりで、目は遠くを見つめ、呂秀たちなど一顧だにしない。

あまりに奇怪な光景の前で、呂秀の体は硬直し、声もまったく出せなくなった。周囲からは物音が消え、兄や父も、口を開いたまま動きを止めていた。

やがて、何かが近づいてくる気配が感じられた。

ちりん、ちりん、と鈴が鳴っている。

さらり、さらりと、衣擦れ(きぬず)の音まで聞こえる。

音は、呂秀たちがいる部屋の前で止まった。次の瞬間、引き戸がすべて吹き飛び、庭側から強烈な光が室内に射し込んできた。目がくらみそうな明るさだった。

白光を背景に、狩衣をまとい烏帽子をかぶった人物が立っていた。よく見れば両袖の先に鈴が縫いつけられており、歩くたびに、それが、ちりんちりんと鳴るのだった。狩衣も白く光を放っている。

呂秀はぽかんと口をあけたまま、狩衣の人に見入った。

狩衣の人は、いくら目を凝らしても顔立ちがわからなかった。人としての顔を持っていることは把握できるのに、顔として覚えられないのだ。見つめれば見つめるほど、その姿は滲んでぼやけ、代わりに、ぞくっと背筋が震えた。雪も氷も、これほど冷たくはあるまいと感じるほどの冷気が、背中を駆け抜けていった。

狩衣の人が手を差し伸べると、母は、ためらうことなく相手の手をとり、庭へ向かって踏み出した。縁側へ出た瞬間、ふっと姿を消した。

直後、眩い光は消え、呂秀の体は再び動くようになった。

周囲の物音が、一気に戻ってきた。

泣きじゃくる兄の声と、嗚咽をこらえている父の声を聴き、廊下を慌ただしく走る下男や下女たちの物音を耳にした。

呂秀は張りつめていた気がゆるみ、その場に突っ伏した。

いつものように、さきほどの光景が、自分にしか見えなかったのだと悟った。

そして、幼いながらにも理解した。

生者と死者とのあいだには、厳格に引かれた境界線があるのだということを。

このときの想いが、やがて呂秀を仏門へと導いた。

律秀が、いくら医書で調べても呂秀の体質を変えられないと知り、物の怪が見えるなら見えるままでよいのではないか――と呂秀に言ってくれたとき、呂秀は、ふと、この不思議な体験を思い出した。

直後、天啓を受けたように、仏門へ入る道が脳裏に閃いたのだ。

自分は母を見送る機会を得られたが、すべての人がそうではない。悪性の流行病で村の外へ追いやられた者は、誰からも看取られずに死んでいく。

旅先での孤独な死もあろう。

人は、必ず親兄弟や友の死に立ち会えるわけではない。

突然、自分の前から大切な人が消えたとき、人はいつまでも、お別れができなかった悔しさに苦しみ続ける。

ならば僧とは、仏の尊さを説くだけでなく、他者の苦悩と共に、他者の傍らに常に在るべきではないか。誰よりも人の死に近い場所におり、毎日のように命の儚さに直面している僧であればこそ、大切な人を失って嘆く者の心に、そっと寄り添えるのではないか。

加えて、自分は、人ではないものが見える目を持っている。僧として、この目を他人のために使おう。人の死や怪異が指し示す意味を、人の言葉に変えて遺された者たちに語るのだ。それこそが自分の務めだ。

熟考の後に自分の想いを打ち明けると、父も兄も、呂秀の決意を喜んでくれた。己の目の性質を嘆くのではなく、何かの役に立てようと決めた呂秀を、言祝(ことほ)いだ。

呂秀は、白狗とちづに向かって穏やかに告げた。「人は幼いなりにも、人の死を理解いたします。その機会を、大人が、ゆきすぎた配慮で歪めてはならぬと思うのです」

白狗は「なるほど」とつぶやき、うなずいた。「和御坊さまのお話、確かに一理ございます。では、素直に事実を打ち明けましょう。私たちが話しているあいだ、傍で見守って頂けますか」

「勿論です。できうる限り、お手伝いさせて頂きます」

四

深い眠りから解かれると、かえでは白狗とちづから、「大切な話があるので、そこでお聴き」と命じられた。

かえでは不思議そうな顔をして、板の間に座り直した。このように話しかけられるのは初めてらしい。

白狗はおもむろに切り出した。「薬師さまに診て頂いたところ、おっかあの病気は大変重く、近々、あの世へ行かねばならないとわかった。だから、まだ体が動けるうちに、おっとうがおっかあを、仏さまのもとまで送り届けようと思う。そのあとは、おっとうも別の場所へ移り、新しい務めに就かねばならぬ。ここへは戻ってこられない。そこで、薬師さまと和御坊さまにお願いして、かえでを、里のお寺に住まわせてもらうことになった。かえでは里に下り、お寺で偉い学者さまから字を教わり、いずれは里の者を助けるのだ。かえでは、おっとうの言う通りにしてくれるか」

かえでは目を見開いた。「わけがわからねぇ。どうして、おっかあやおっとうが、かえでを置いていっちまうんだ。うちも、あの世とやらについていって、ずっと皆で暮らせばええが」

「あの世は、生きている者には行けぬ場所なのだ」

「ならば、うちも生きていない者になろう。そうすれば、おっかあと一緒に行ける」

ちづは眉をひそめた。「わがままを言うてはだめよ。おまえは、まだまだ長生きして、たくさんの人と仲よくなさい。それが人としての務めです」

「務めとか、どうでもええ」かえでは声をはりあげた。「うちは、おっかあともおっとうとも別れとうない」

「人の生き死には人には決められぬ。おっかあはあの世に渡り、おまえはこの世に残る。それが道理ぞ」

「おっかあもおっとうも、うちが邪魔になったんか。邪魔やから捨てていくんか」

「違う違う。かえでほど大切な者は、私たちにはありゃあせん。だからこそ、こらえてほしい。かえでは里に下りて、しあわせになっておくれ」

「いやじゃっ」

予想していた通り、かえでは手足をばたつかせて、わあわあと泣き出した。白狗とちづが何を言っても、まったく聞き入れようとしない。

律秀が、横から口を挟もうとして身を乗り出した。

呂秀はさっと腕を伸ばし、兄を遮った。「お待ち下さい。あれが来ます」

「あれとは」

「あきつ鬼です」

直後、大岩が落ちてきたように、床がどんと鳴り、腹にこたえる地響きが足元に広がった。

何事かとおののく皆の目の前に、真っ赤な鬼が仁王立ちになった。四本の腕をそれぞれに組み、大きなふたつの目と小さなふたつの目を、ぎょろりと動かした。鷲のくちばしのような鼻から、ごうっと息が洩れ、沼のような生臭さがあたりに漂う。燃える大樹がそびえているかのように、全身を覆う鱗が、赤くちらちらと輝きを放っていた。

かえでは悲鳴をあげて、呂秀にしがみついた。やはり、鮮明に、あきつ鬼の姿が見えるのだ。

白狗と夫婦であるちづにも、当然ながら見えるらしい。目を見開き、逃げようとして白狗にもたれかかった。白狗がそれを強く抱きとめる。白狗は落ち着いた目で、あきつ鬼を見つめていた。たいして驚かないのは、やはり、自分のほうが力が上と知っているからだろう。

あきつ鬼はかえでの反応を見ると「ふん」と笑い、白狗とその妻に向かって呼びかけた。「山彦どの、ちづどの。あの世へはわしが案内(あない)いたすので、そろそろ出かけようか」

白狗とちづは眉間に皺を寄せた。事の成り行きがわからず、この鬼は、どのようなつもりなのかといった顔つきだ。

呂秀は律秀へちらりと視線を投げた。律秀は困惑したような表情でふたりを眺め、それから呂秀の耳元で囁いた。「私には何も見えぬし聞こえぬのだが、いま、おまえの式神が来ているのか」

「はい。皆の前に立っています。皆さんにもわかるようです」

「私だけが見えぬ聞こえぬとは、なんとも居心地が悪いな。しかたがない。あとは任せたぞ」

呂秀はうなずき、再び、あきつ鬼のほうへ視線を向けた。

そのとき、かえでが叫んだ。「おまえは何者じゃ。おっとうやおっかあを、さらう気か」

あきつ鬼は、からからと笑った。「わしは、あの世への案内人じゃ。このようなときに、人の世へやってくるのだ」

「おっかあを連れていくのか」

「そうだ。おっとうも連れていくぞ」

「なぜじゃ」

「おまえのおっとうは神さまだから、おっかあを見送ったあとは山の奥へ帰るのだ。それぐらいは、おまえにもわかっているであろう」

「では、うちも連れていってくれ」

「おまえをあの世へ送れとは聞かされていない。神さまに捧げよとも命じられていない。そもそも、名を知らぬ者は連れていけぬ」

「うちの名前は『かえで』じゃ。これで連れていけよう」

「わしに教えてもだめなのだ。あの世の巻物に、名前が記されておらねばならぬ」

「じゃあ、その巻物に、いますぐ書いてくれ」

「書くのは、わしの務めではない」

「誰に頼めばいいのか」

「おまえ、字を書けるか」

かえでは首を左右にふった。

あきつ鬼は、にやりと笑って続けた。「では、里へ下りて学問を修め、字を書けるようになったら、わしを呼べ。再び現れてやろう。そのときに巻物を持ってくるから、自分で名を記すがいい」

「書いたら、おっかあのとこへ連れていってくれるのか」

「それを決めるのは神さまや仏さまじゃ。おまえは、お返事を頂ける日まで、心して暮らすがいい。神さまや仏さまがお招き下さるまでは、決して自分からは何もしてはならんぞ。おまえが自分で勝手に死んだら、おっかあがいる場所へは辿り着けんから覚悟しておけ」

無茶苦茶な理屈である。幼子にかける言葉ではないと呂秀は憤ったが、あきつ鬼は、冷ややかな一瞥をよこしただけだった。呂秀の頭の中で、あきつ鬼の言葉が響いた。

――おまえたちは黙っておれ。おまえや神には嘘とでたらめは言えぬだろうが、鬼ならば平気で口にできる。わしが悪者になってやるから、おまえたちは、かえでを里へ下ろすことだけを考えよ。

――しかし。

――かえでが大きくなり、わしの言葉がでたらめだと気づき、憤激して泣き出したら、そのとき、人であるおまえたちが慰めればよい。鬼とはひどい嘘をつき、人の心を弄ぶのだと諭し、己の足で、しっかりと生きていく尊さを教えるのだ。わしが時を先延ばしにしてやるから、おまえたちは将来に備えよ。

――おまえは、本当に、それでいいと思っているのですか。あまりにも考えが偏っていませんか。

――鬼は人ができぬことをする、人は鬼ができぬことをする。ただ、それだけだ。おまえは、人として働くことだけ考えればよい。

かえでが再び声を発した。「字を書けるようになればいいのだな。ならば、明日から里で字を学ぶ。待っておれ」

「その言葉に偽りはないな」

「ああ」

ふたりのやりとりを聞くうちに、白狗もちづも、あきつ鬼がなぜ姿を現したのか察したらしい。あきつ鬼に向かって、

「ありがとうございます。それでは出かけましょう」

「道中よろしくお願いします」

と声をかけ、あらためて、かえでと向き合った。

ちづはかえでを一度だけ抱きしめ、「寂しくなったら、いくらでも泣いていい。おまえはまだ小さくて、誰かに助けてもらって当然なのだからね」と言った。

「おっかあは、あの世に行ったら、もう病気で苦しまなくて済むよな。だったら、うちは、なんとかがまんするよ」

「かえでがずっと覚えてくれているなら、それだけで、おっかあは、どこで暮らしても元気だ」

ちづから離れたかえでは、白狗にも抱きついた。「おっとうは、いつも温かった。里で、ひとりで寝ると寒かろうなあ」

白狗は「震えるときには、おっとうのことを思い出せ。これを握るのだ」そう言って、

かえでの掌に透明な珠を載せた。「御守りだ。これがあれば、いつも温かく過ごせるだろう」

律秀が薬箱の中から紐付きの袋を取り出し、かえでに手渡した。「漢薬を詰める袋だから大きすぎるが、山から下りるあいだは、これに珠を入れておきなさい。なくしては大変だから」

かえでは自分で珠を袋に収め、首から吊した。

ちづが、律秀に向かって頭を下げる。「お気づかいありがとうございます」

「いや、たいしたことではない。それよりも、いまのうちに、存分に、かえでさんを抱きしめてあげなさい」

白狗とちづは体を寄せ合い、かえでを引き寄せた。

三人は、長いあいだ、ひとつになって抱き合っていた。誰も泣いたりはしなかった。お互いの温もりを確かめ合うような、静かな抱擁（ほうよう）だった。

あきつ鬼が、ぶっきらぼうな口調で言った。「さあさあ、もう行くぞ。冬の日は短い。陽が暮れてしまうわ」

かえでにも雪道を歩むための格好をさせ、呂秀と律秀も帰りの身支度を整えた。

戸口をがらりとあけると、雪は、もうやんでいた。目に染みるような青空が頭上に広がり、鵯（ひよどり）が甲高く鳴く声が聞こえた。

あきつ鬼は呂秀たちに言った。「おまえたちは後ろを向け。逝く者の顔は見ないものだ」

「わかりました」

「十まで数えたら、振り向いてもよい。それまでは、だめだぞ」

まっさきに、あきつ鬼の言葉に従ったのは、かえでだった。口許を引き結び、寒空に向かって伸びる樹々の梢をふり仰いだ。

呂秀と律秀もそれにならい、あきつ鬼たちに背を向けた。呂秀は母を見送った日を、再び思い出していた。死者の魂は生者と目を合わせずに逝く。あのときと同じだ。
一、二、三――。
十まで数え終え、ゆっくりと振り返った瞬間、呂秀は「あっ」と声をあげた。

いままで自分たちがいた小屋が消えていた。家屋の残骸すら見あたらない。雪に覆われた、平坦な場所が広がっているだけだった。

「なるほど」律秀がつぶやいた。「小屋と思っていたのは、山の神がつくった結界であったか。この子を里へ帰すとは、単に、山から下ろすというだけの意味ではなく、人の世へ戻してくれという頼みであったのだな」

するとかえでがぽつりと言った。「うちには、まだ小屋が見えるよ。おっとうとおっかあが、小屋と一緒に、だんだん遠ざかっていくのがわかる――」

「そうか」律秀は、かえでの肩をぽんと叩いた。「おまえは、いい目を持っているな。私の弟と同じだ。もしかしたら、その目は、おまえに苦労を強いるかもしれない。怖いことが起きたら、すぐに私たちに知らせるのだぞ。我らは物の怪を退けられる、強い法師陰陽師だからな」

「うん、そうする」

「里まで少しあるが、大丈夫か」

「平気だ。山で鍛えた体じゃ」

小屋まで登って来た道を戻りながら、律秀は呂秀に言った。「さて、有傅どのは、この子に会ったら、どのような顔を見せるであろうな」

「大丈夫でしょう」と呂秀は応えた。「有傅どのの『傅』という文字には、人を育て、世話をする、という意味があるのです。おそらく、これも何かのご縁なのでしょう。そのことを私から説いてみます」

それにしても――と呂秀は不思議に思った。

今日のあきつ鬼は、ずいぶん優しい態度であった。私には偉そうにふるまうのに、幼子にはそうでもないのか。

いや、あるいは。

蘆屋道満が都へのぼるとき、この式神を故郷へ置いていったのは、権謀術数（けんぼうじゅっすう）が渦巻く京の都では、式神よりも人のほうが遥かにおぞましく、得体のしれない存在であったからだ。式神すら騙す邪悪な者が都には大勢いる。

残された逸話から読み解くに、道満のあきつ鬼に対する思いは、ただの式神に対するそれとは思えない。術の道具としてではなく、それ以上に、何か深い想いを抱いていたようなふしがある。その詳細は、いまとなっては誰にもわからないが。

よくよく考えてみれば、井戸とその周辺に封じられたあきつ鬼もまた、親を亡くした子と同じなのだ。道満に突然別れを告げられたまま、やがて道満の死を知ったあきつ鬼は、何百年も恨みを抱えて、この世をさまよってきた。怒りも悲しみも、向ける先はどこにもなかっただろう。

その心が、どこかで、かえでと響き合ったのかもしれない。それゆえの「わしが悪者になってやる」という言葉なのではなかろうか。悲しい気持ちも、苦しい気持ちも、わしが代わりに背負ってやろう、と。

冬の陽は、山を下るうちに少しずつ沈み、里へ着いた頃には、夕闇が広がりつつあった。

最後にもう一度山をふりあおいだとき、呂秀は、遠くから響く獣の吠え声を聞いた。山狗の遠吠えのようだが、人の声にも似ている。

すぐに、かえでが「あっ」と言った。「いま、おっとうの声が聞こえた」

呂秀は優しく応じた。「ええ、確かに山彦どのですね」

律秀が溜め息を洩らす。「いいな、おまえたちは。私にはさっぱりじゃ。さっきから、ずっと仲間はずれではないか」

かえでは両耳の後ろに掌をあて、笑みを浮かべた。「薬師さまと和御坊さまに、何度も、ありがとうって言ってるよ」

「――ほら、機嫌を直して下さい。兄上」呂秀は律秀に微笑みかけた。「かえでさんの言葉を通して、山彦どのの気持ちがじゅうぶんに感じられるでしょう」

「それとこれとは話が別だ。なんとかして、私も、おまえたちのような目と耳を持ちたいものよ」

「人には、それぞれの役目がございます。怪異が見えず聞こえもしないのは、兄上の天分なのです。いつか、それが必要になるときが来ましょう」

呂秀は、かえでの手を引き、燈泉寺を目指して歩き始めた。草鞋の下で雪が鳴る。これだけ降る日は、この冬はもう終わりかもしれない。

雪が舞い、雪が融けるたびに、春が少しずつ近づいてくる。寒さと共に、悲しみも寂しさも遠ざかる。

忘れたくなくても忘れてしまう。

それが人だ。

——鬼は人ができぬことをする、人は鬼ができぬことをする。

その言葉の裏に潜む想いに心を寄せつつ、呂秀は、かえでを寺へと導いていった。

第五話　八島(やしま)の亡霊

――あまりの面白さに、感にたへざるにやとおぼしくて、舟のうちよりとし五十ばかりなる男の、黒革威の鎧着て白柄の長刀もったるが、扇たてたりける処にたって舞ひしめたり。伊勢三郎義盛、与一がうしろへあゆませ寄って、

「御定ぞ、仕れ」

といひければ、今度は中差とってうちくはせ、よっぴいてしやくびの骨をひやうふっと射て、舟底へさかさまに射倒す。平家のかたには音もせず。源氏のかたには又箙をたたいてどよめきけり。

「あ、射たり」

といふ人もあり、又、

「なさけなし」

といふ者もあり。


（『平家物語』巻第十一「弓流」より引用）

一

呂秀と律秀が山の神から引き取った、かえでという名の童女を燈泉寺へ連れ帰った頃には、陽はすっかり暮れ、寺は闇に沈んでいた。

三人が門をくぐり、出迎えの者に事情を告げると、寺の僧たちは、しばし慌ただしく走りまわり、落ち着かなかった。

ここは子を育てるための場ではない。誰もがその術（すべ）に疎い。寺には、都からの客人である大中臣有傅と三郎太も逗留している。かえでの世話まで手がまわるだろうか、このふたりが嫌がらないだろうかと、僧たちは悩んだ。

ともかく、貞海和尚の許しがなければ何も始まらない。

呂秀たちは貞海和尚の部屋へ行き、挨拶して、「かえでさんは、山の神から託された子なのです」と事情を語った。

貞海和尚は、なるほどとうなずいた。

「そのような次第であれば、しばらく、この寺で面倒を見よう。だが、ここは修行の場だ。皆の迷惑になってはいかん。その子が、寂しさから居づらくなるのも望ましくない。いつでも農人の家に引き取ってもらえるように、備えを進めておきなさい」

「はい、なぎさんとも話し合い、早く、安心できる家を見つけます」

和尚との相談を終えると、呂秀たちは、まず寺で簡素な夕餉を摂って少しだけ休んだ。

それから、有傅が寝泊まりしている離れへ、かえでを連れていった。

有傅は灯をともし、机の前に座って、都から運んできた書物を読みふけっていた。こちらの生活に慣れてからは、この地を初めて訪れたときのような煌びやかな直垂姿ではなく、頭には柔らかい烏帽子をかぶり、地味な色の素襖をまとっているだけである。呂秀が廊下から声をかけて部屋へ入ると、億劫そうな顔つきで振り返った。

呂秀は有傅に手を止めさせたことを詫び、かえでを前へ進ませた。かえでは緊張した面持ちで、有傅の前にちょこんと座った。

貞海和尚に話した事情を告げ、「有傅さまにも、ご配慮を頂けるなら幸いに存じます」と呂秀がうやうやしく言うと、有傅は目を剝き、不愉快そうに顔を歪めた。

「私は幼子の育て方など知らぬ。それは乳母の務めであろう」

「勿論、承知しております。これは取り急ぎの手段でございます。里での暮らしについては、なぎさんから学ばせます。有傅さまにお願いしたいのは字の読み書きです。かえでさんが学問に興味を持ち、これをよく修められれば薬も扱えるようになるでしょう。かえでさんが大人になり、女人や幼子を診てくれれば、皆、たいそう安心するに違いありません」

「ならば、おふたりで教育なされればよかろう」

「私どもには日々の務めがございます。急な用で呼び出されることもあります。客人として来られた有傳さまならば、雑事に煩わされず、ご都合のよいときに教えて頂けるかと」

「天文生である私は、教わるほうであって教えるほうではないのだ」

　そのとき、黙ってやりとりを聞いていたかえでが口を開いた。「お邪魔になるなら無理にとは言わんです。けど、うちはどうしても字を読み書きできるようになりたい。赤鬼と約束したのじゃ」

　有傳は眉をひそめて、呂秀の顔を見た。「赤鬼とはなんの話だ」

「かえでさんのお母さまをあの世まで案内（あない）していったのが、燃えるように赤い大鬼だったのです」

　たちまち、有傳は顔をこわばらせた。廣峯神社へ登る途中、蛇神さまと遭遇した件を思い出したのだろう。人間ではない存在がよほど怖いと見える。昔、何か嫌な体験をしているのかもしれない。

　かえでは続けた。「鬼が言うには、特別な巻物に自分の名前を書くと、うちもおっかあのところへ行けるらしい。でも、うちはいま字が書けぬ、字も読めぬ。だから教えてくれる者がほしいのじゃ。有傳さまでは、いかんのじゃろうか」

有傅はうんざりした調子で手をふった。「私はこれでも忙しいのだ」

「じゃあ、どうしたらええのか」

「字は、三郎太から学びなさい」傍らで控えている三郎太をちらりと見てから、有傅は続けた。「学問を究めるには、とても長い年月がかかる。どこまでも続く階(きざはし)を、ゆっくりと登ってゆくが如しだ。易きから始めて、順々に難しい内容に移っていく。まずは三郎太から学び、もっと難しいことを知りたくなったら私に声をかけなさい。それまでは邪魔をするでない」

「三郎太さんも学者さまなのかね」

「ただのお供だ。なんでも気兼ねなく訊ねるがよい」

「わかった。有傅さまが仰るなら、そうするよ」

「ならば、もう下がりなさい」

「えっ。有傅さまに会えば、都の面白い話を聞けると思っていたのに、それでは心残りじゃ」

呂秀と律秀は思わず噴き出し、三郎太も目尻に皺を寄せた。三郎太は少し身を乗り出し、かえでに向かって言った。「都の話なら私が聞かせてあげましょう。有傅さまのお邪魔にならぬよう、別の間で」

「本当か」

「はい。三郎太は嘘はつきませぬ」

かえでは大きくうなずいた。「よろしくお願い申します。三郎太さま」

「三郎太、でいいのですよ。私は従者ですから。兄のように気軽に呼んで下さい」

その日は、かえでが寂しがらないように、呂秀たちも寺に泊まることになった。三郎太は、そちらの間にかえでを連れていった。

灯りをともすと、三郎太は、かえでが面白がりそうな都の話を、しばらく話して聴かせた。かえでは目を輝かせて耳を傾けていたが、やがて気が高ぶりすぎて疲れたのか、うつらうつらとなり、まぶたが下がり、すとんと眠りに落ちてしまった。

三郎太は、かえでに小袖をかけてやると、「では、私は有傅さまのところへ戻ります」と言った。

「助かりました」と呂秀は言った。「ありがとうございます」

「いえいえ、これぐらい、どうということはありません」三郎太は、愛おしそうに、かえでの寝顔をじっと見つめた。「かわいいお子ですね。しあわせになって頂きたいです」

三郎太が立ち去ると呂秀は灯りを消し、律秀の隣に横たわった。

しんしんと底冷えする板の間で、三人は、ゆっくりと眠った。

二

翌朝、朝粥を食べ終えてしばらく待っていると、いつものように、なぎが寺を訪れた。今日も大気は肌を切るように冷たく、なぎは蓑をはおり、笠をかぶっていた。それを脱ぐと、小袖をまとった小柄な女人の姿が現れた。

陽に灼けた丸顔には、人の目を惹きつける穏やかさと太陽のような温かみがある。歳は呂秀たちよりも少し上で、夫も子もいる身だ。かえでの話を切り出されると、それなら私がよく気を配っておこうと自信たっぷりに応えた。

なぎは、かえでに訊ねた。「あんた、山では畠仕事を手伝っていたか。藁は編めるか」

「少しは覚えとる。森の中で、木の実や、きのこを探すのも得意じゃ」

「ここらでは、畠だけじゃなくて田んぼの手入れもある。稲の育て方は知っているかい」

「それはよくわからん」

「よしよし、じゃあ、春になったら教えてやろうな。冬のあいだは家にあるもんで食いつなぎ、山の雪が融けてきたら、たらの芽を摘みに行くぞ」

なぎは、かえでとのやりとりを終えると、三郎太にかえでを外へ連れ出すように頼んだ。ふたりがその場から立ち去ると、なぎは、呂秀と律秀に向かって言った。「今日は、浜の者から頼まれて、ここへ来た」

「どのような御用向きでしょうか」

「物の怪を退散させてほしいそうだ」

「場所はどこですか」

「海の上。沖に、恐ろしいものが出るようだ」

播磨国の南側には、淡路国、讃岐国、阿波国に囲まれた内海が広がり、そこには大小さまざまな島がある。東西の潮の流れは時の経過によって変わり、岩礁も多いので船を進めるには用心せねばならない海域だ。

浜辺に住む海人（漁師）は、気候の寒暖にかかわらず、年中、漁に出る。魚だけでなく、蛸、貝、海藻なども獲ってくる。

田畠の休耕期、農人は海人の仕事を助けに来ることがある。いっぽう海人も、収穫期には農人の田畠を手伝う。山にも海にも恵まれた播磨国では、人々の務めの幅は広く、海辺と内陸を自由に行き来しながら、お互いの作業を助け合う。なぎが海人と親しいのは、この行き来のおかげである。

なぎは続けた。「海人が言うには、近頃、沖に怪しいものが出るそうだ」

「近頃、ですか」

呂秀が訊ね返すと、なぎはうなずいた。

「秋の漁までは何も出なかった。冬に入った直後から、頻繁に現れるようになったと」

寒さをこらえながら網をたぐるさなか、ふいに物の怪に出遭ったら、それだけで身がすくむだろう。物の怪に船を覆されて冷たい海に落ちたら、あっというまに溺れてしまう。

律秀も眉間に皺を寄せた。「冬の海で物の怪に遭うのは、とてつもなく嫌なことだ。いったい何がおるのか」

「鎧(よろい)姿の武者だ」なぎは、自分でもそれを見たかのように、ぶるりと身を震わせた。「このあたりの海は、昔、合戦があった場所だからね。出るのはわかるが、なぜ、いま出てくるのか——と、皆、いぶかしんでいる」

呂秀は訊ねた。「武者の姿が、はっきりと見えたのですか」

「いや、霧の中にぼんやりと影が映る程度だが、その形から武者だと見当がつくらしい。はっきり見えないと、まずいのかい」

「いえ、物の怪が見える者は少ないので、大勢の者が、ぼんやりとした形だけでも見えるのは珍しいのです」

「亡霊の力が強いんだろうか」

「おそらく。すさまじい怨念や妄執を抱えているのであれば、普通の者にも見えるのかもしれません。あるいは、物の怪ではなく、単に、海霧に映った人の影を見間違えたのかも。武者の亡霊は大勢でしたか」

「いや、ひとりだけだ。陰鬱な声を洩らしながら霧の中から現れ、何かを訴えながら消えていくという。大勢の海人が何度も見たので、なんとかして追い払いたいと、海賊衆(海の警護を請け負う者たち。後年、村上水軍として活躍する一族も含まれる)に物の怪退治を頼んだ者もいるようだ。しかし、亡霊相手では弓も届かず、斬りつけても、刃は空を切るばかりだったそうだ」

「さすがに、海賊衆でも亡霊は手に余るでしょう。亡霊は、なんと言っておりましたか」

「『都人を呼べ』――と」

呂秀と律秀は思わず顔を見合わせた。「なるほど。それで、我らのもとへ」

「そうだ」

「いま、ここらにいる都人といえば、有傅さまだけです。でも、なぜ、あの方を」

「わからない。でも、有傅さまが播磨国に来られたのは冬になってからだ。亡霊が現れ始めた時期と、ちょうど重なる。理由はわからないが、亡霊は、有傅さまを探しているのだよ。自分から播磨国を訪れる都人なんて、他には誰もいないのだからね」

「確かに」

「そういうわけで、有傅さまに来て頂かないと、海人たちは、安心して漁にも出られないわけさ」

律秀が、ふうと息を洩らした。

「これはまた面倒な話だな。あの方の物の怪嫌いは、少々、度が過ぎるほどなのだ。少し脅かしただけで、あたふたする」

なぎは厳しい目つきで律秀を睨んだ。「物の怪が怖くない者なんて、律秀さまと呂秀さまぐらいだ。普通は怖い。相手が都人だからといって、からかうのは感心しないな」

「相変わらず、はっきりとものを言うね」

「私は、毎日、あの方と顔を合わせているからね。確かに気難しいところはあるが、こちらの住人と違って、都の方は心が細やかで、お優しいのだよ」

「そのあたりはよくわかっている。繊細で、優しくて、勤勉な方なのだ。しかし、事情を説いて海へ出るようにお願いしても、物の怪絡みでは、めったなことでは腰をあげるまい」

「そこは頼み方ひとつじゃないのかね。まずは、私からお願いしてみよう。女人の言葉にも耳を傾けて下さる方だ。それでだめなら、もう少し強く言ってみるか、大袈裟な言葉で心を揺さぶってみるしかない。とにかく、海人たちはたいそう困っているのだから、放っておくわけにはゆかないよ」

「うむ。ところでこの依頼に対しては、誰が、銭を払ってくれるのかね」

「海人たちは、たいして銭など持っていない。身が締まった蛸の一杯でももらえれば、それでじゅうぶんじゃないのかね」

「報酬が蛸とは気が抜けるなあ」

「では、魚や貝もつけるように頼んでおこう」

「蛸以外は干物にしてくれ。そして、ほんの少しでもいいから、銭もお願いしてほしいのだ」

呂秀が横から口を挟んだ。「兄上。銭の話ばかりするのは、おやめ下さい。貧しい者から頂くお礼なのですから、蛸でもよいではありませんか。ここらの蛸は、よその土地にも自慢できるほど美味しいのですよ」

「蛸では都行きの費用にならぬ。美味い美味いと、食ってしまって、おしまいではないか」

「このたびは、がまんして下さい。銭は頂けるときに頂けるところから」

「近頃、そんな話などないではないか」

「いずれ機会がありましょう。よき日をお待ちなさいませ」

銭の話は延々と続けても決着するわけがない。とにかく、この件については、なぎが有傳に話すことになった。

呂秀たちは、既に、かえでの件で有傳に頼み事をしたばかりだ。またしても自分たちが話を持ち込めば、有傳が「私は萬引き受け人ではない」と言って、機嫌を損ねるのは必定である。ここは、なぎに任せるのが一番だった。ただ、物の怪の話だから、呂秀たちも立ち会わねばならない。

　昨日のように有傅の部屋を訪れると、予想していた通り、すぐに嫌な顔をされた。また何か頼む気かと、有傅は最初から身構えていた。

　なぎは穏やかな口調で切り出し、丁寧に話を進めたが、有傅はじわじわと青褪め、最後には申し訳なさそうに言った。「物の怪退治なら、あちらのふたりに頼みなさい。私は陰陽寮に勤めているが、星の動きを見る役で、悪しきものを祓う術は知らないのだ」

「ええ、それはよく存じあげております。でも、武者の亡霊は『都人を呼べ』と言っているのです。有傅さまに何かを訴えたいのでしょう」

「見知らぬ亡霊の望みを聴いてやるほど私は暇ではない。こればかりは、なぎどのからの頼みとて、聞き入れるわけにはゆかぬ」

「でも、海人たちがひどく怖がっております。有傅さまだけが頼りなのです。亡霊が暴れて死者が出てからでは遅いのです」

「合戦で戦った武者は、死ねば修羅道へ堕ちると決まっている。そこは大変つらい場所で、本人がどれほど苦しく、後悔しても、誰にも魂を救えぬそうだ。僧にも容易には救えない――それが武者の亡霊じゃ」

「そんなに難しいのでございますか」

「難しい。そこらの野盗などと違って、武者が合戦で殺す人の数は夥しい。務めだったとはいえ、憐れであるな」

呂秀が間に入った。「憐れと思われるなら、この亡霊の言い分を聴いてやって頂けませんか。有傅さまが行かなければ、いずれ亡霊は、こちらへやって来るでしょう」

「なんじゃと」

「本物の物の怪や亡霊は、猿楽で舞手が演じるような、趣深く、優雅なものではありません。その姿は、よほど能力を持っている者にしか見えないのです。ところがこのたびは、うすぼんやりとした形とはいえ、大勢の海人にも、武者の姿となって見えております。それどころか言葉まで聞こえています。これは、亡霊の妄執があまりにも強く、その想いが生者にも伝わってしまうからでしょう。このように強い亡霊は、有傅さまが海へ来ないと知れば、自分から浜辺へあがり、陸地を歩きまわるに違いありません。有傅さまを目指して、少しずつ少しずつ、近づいてくるのです。寺におられるときならば、和尚さまや大勢の僧が対処できます。しかし、もし出先でひとりのときに遭遇したら、なんとされますか。野外で星をご覧になっているときに、ふと気づけば隣に亡霊がおった——などということも有り得るのですよ」

「脅かすでない」有傅の声は早くも震えていた。「ならば、あらかじめ護符を頂き、肌身離さぬようにしておくわ」

律秀が横から悠然と言った。「私も、一日も早く、有傳さまが亡霊にお会いになるほうがよいと思います。日が積み重なるにつれて、亡霊の妄執は膨らみ、陸へあがる頃には、手に負えぬほど強くなっているでしょう。そうなれば、我らも退散させるのに手こずります。待たせてはだめなのです。呼ばれたときに、すぐに出かけねば」

「しかし」

「船には私が護符をはります。亡霊が触れられないように結界を作りましょう。我らも同行しますから、兄弟で立ち向かえば大丈夫です。我らは、もっとやっかいな物の怪と対峙して、それを滅したこともありますから」

「本当か」

「前にもお話しした通り、ここらに棲む物の怪は凶暴です。法師陰陽師は、日々、それらを退けているのです。都の陰陽師よりも遥かに力があるのです」

律秀と共に呂秀も繰り返し説得したので、こうなると、有傳も、うなずかざるを得なかった。

最後には渋々と「では、準備が整ったら呼んでくれ」と言い残し、その日から、一歩も寺の外へ出なくなった。

三

数日後、薬草園の草庵で支度を終えた呂秀たちは、再び燈泉寺まで赴き、そこで、なぎと合流した。

有傳は、今日はきちんと直垂を着て、頭には高い烏帽子を載せていた。亡霊と会うときでも、都人としてのたしなみを、おろそかにはできぬらしい。

従者である三郎太は、今日は寺で留守番である。

「おまえは寺に残っておくれ」と有傳から言われた三郎太は、きょとんとした。「私が側におらねば、いろいろとお困りでございましょう」

有傳は首を左右にふった。「私はこれから亡霊と相対するのだ。生きて帰れぬかもしれん。おまえには文を託しておくから、何かあれば、それを陰陽寮の天文博士にお渡ししてくれ。『これこれこのような事情で有傳は亡くなりました、陰陽寮に戻れず申し訳ありません』と伝えてほしい」

三郎太は顔をこわばらせた。「よもや、そのようなことは」

「しかたがないのだ。直接、亡霊から呼ばれてしまったのだからな」

有傳は文を差し出し、はらはらと涙をこぼしながら三郎太に手渡した。「家族には、私がこの地でりっぱに務めを果たしたと、しっかりと伝えておくれ」

「滅相もない。無事にお戻り下さいませ。律秀さまも呂秀さまも、ご一緒ではありませんか。なんの心配がございましょう」

「だが、亡霊は恐ろしいものじゃからのう」

律秀が思わず苦笑を洩らした。「有傅さま、いい加減になさいませ。あまりにも大袈裟すぎますぞ。笑いをこらえるのが大変です」

すると有傅は直垂の袖で涙を拭い、律秀を、きっと睨みつけた。「亡霊に呼ばれているのはこの私じゃ。この恐ろしさ、そなたにわかろうはずがない」

「まあ、我らは、しょっちゅう物の怪を相手にしておりますから、そのたびに遺書をしたためていたら、あっというまに何十通も溜まってしまいますなあ」

呂秀が、横から律秀をたしなめた。「兄上、言葉が過ぎますぞ」そして、三郎太に向かって優しく声をかけた。「心配なさいますな。我らが力を尽くして、有傅さまをお護りいたします。亡霊など一歩も近づけさせません」

三郎太は両手を合わせ、呂秀に向かって深々と頭を下げた。「何卒、よろしくお願い申し上げます」

「任せて下さい。我らの命に懸けて、しっかりとお護りします」

寺の外へ出てみると、空の青さが、先日よりもわずかに白みを帯びて見えた。春がまた少し近づいているようだ。しかし、海の上は、まだまだ寒いはずだ。

寺から南へ向かって歩くと、松林が立ち並ぶ浜辺が見えてきた。四神のひとつ朱雀(すざく)が守護する播磨国の内海は、その向こう側に広がっている。

浜には、なぎと顔見知りの海人が待っていた。一行を喜んで迎え、船が係留されている場所まで皆を連れていった。海人が使う船では心許ないので、海賊衆に、大きな船を出してもらうように頼んだという。今日は海賊衆が同行するので、なんでも頼って下さいと、海人は言った。

海人が案内してくれた船を目にするなり、有傅は目を丸くして「小さいっ」と声をあげた。「これに乗れというのか。帆は一枚しかないし、屋形もないではないか」

律秀は「またしても困った方だ」と、深く溜め息をついた。「有傅さまがよくご存じの船とは、おそらく、遣明船(けんみんせん)(明との交易に使う日本の大型船)でございましょう。こちらでは、これでも『大きな船』なのです。海人が使う小さな船には、帆すらないものもあるほどです」

「帆がなくて、どうやって進むのだ」

「櫂(かい)で漕ぎます。つまり、人の力だけで動かすのです」

「その程度で沖へ出られるのか」

「遠くへ行かなければ大丈夫です。笹の葉に似た細長い形をしておりまして、うまく操らねば転覆しますが」

「この船は沈まぬであろうな」

「亡霊の力に負けなければ」

「そなたが作る結界は、確かなのか」

「我らは、兄弟でそろっているときに最も強い力を発します。ご心配は無用です」

船には既に何人も乗り込んでいた。皆の統率者と思われる大男が、甲板から呂秀たちを見おろし、早くあがれと手招きした。

なぎたちに別れを告げると、呂秀たちは船に乗り込んだ。

船の持ち主である海賊衆は、名を、鰐鮫といった。肌は赤銅色に灼け、黒髪は潮風を浴び続けたせいか縮れ、体つきは海人よりも筋骨逞しい。獣のように爛々と輝く眼で呂秀たちを物珍しげに見まわし、歪な形の鼻から、生臭い息をふんと吐き出して言った。

「このたびは、おかしな依頼があったものだが、どのような理由であれ、海を行く者を護るのがわしらの務めじゃ。亡霊に呼ばれた都人とは、どちらさまかな」

「私です」有傅が応えると、鰐鮫は再び、ねっとりとした視線で相手を眺めた。「これはまた、亡霊にひと睨みで呪い殺されそうな雅なお方だ。せいぜい用心なさるがよろしかろう」

「こちらには法師陰陽師どのがふたりもついている。そなたに忠告されるまでもない」

鰐鮫は、呂秀と律秀に視線を戻し、うっすらと笑った。「こんな、ひょろひょろとした者たちが役に立つのかね。ひとりは坊主、もうひとりは小洒落た素襖姿の若人ではないか」

「そなたも船乗りならばよくわかっておろう。真新しい船を海に浮かべるときや、船で遠くまで出かけるときには、必ず、陰陽師に安全を祈願してもらうはずだ。修行を積んだ者には我らにはない力がある。若いからといって侮れば、禍を受けるのは、そなたのほうであるぞ」

呂秀は、思わず、くすりと笑った。

律秀とは嫌味の応酬も辞さない有傳なのに、こういうときには、妙に、法師陰陽師の肩をもってくれる。

都から見れば播磨国など小さき国、しかも、蘆屋道満を産んだ悪しき国だ。だが、実際に暮らしてみれば、この土地は気候も穏やかでたいそう居心地がよく、都よりも星がよく見える場所すらある。都人としては反発しつつも、天文生として価値を見出せるところは認める素直さには、有傳の育ちのよさがよく見て取れる。

鰐鮫は有傳の態度を鼻で笑うと、仲間に向かって「帆をあげろ」と命じた。

海賊衆は持ち場につき、綱を引き、櫂に手をのばした。帆が風をはらむと、船は、ぐんと押し出されるように、波を切り裂いて沖へ滑り出した。

波は穏やかだが、内海の空は鈍い色に沈んでいた。

ちらちらと雪まで降り始めた。海の上で雪を見るなど、呂秀にとっては初めての経験だった。音もなく波間に吸い込まれていく雪のひとひらを眺めていると、このまま船ごと異界に呑み込まれそうな気がした。

やがて、舞い散る雪は少しずつ減り、霧が薄く流れてきた。彼方に見えていた島影はいつしか消え、船の周囲が、わずかばかりにうかがえるだけとなった。

霧がたちこめると、あたりはしんと静まり、波が船腹に当たって砕ける微かな音のみが、変わらぬ間隔で響き続けた。大気がいっそう冷たくなってきた頃、呂秀は、獣の唸りに似た声が足下から這いのぼってくるのを感じ、思わず、手にしていた数珠を握りしめた。

――来たか。

視界を遮っていた霧が、渦を巻くようにゆらりと動いた。吹き流されるように霧が左右に流れ、舳先(へさき)に、ぼんやりと黒い影が浮かびあがった。最初は小さな染みにすぎなかったものが、またたくまに巨大な人の姿に変わる。

呂秀は律秀に身を寄せ、囁いた。「兄上には、あれが見えますか」

「いや」と律秀は答えた。「霧しか見えぬ。おまえの目には何か見えているのか」

「はい。人の形をとっています」

「鮮明に、か」

「まだおぼろげですが、とても大きく――」

そう応えた直後、黒い影は、ぬうっと霧の中から頭を突き出した。たちまち、その全貌が明らかになった。

鬼のように大きな武者がひとり、右手に白柄の薙刀(なぎなた)を握り、舳先の向こうに仁王立ちになっていた。見あげるような背丈だ。足下は霧に隠れて見えない。黒革威の鎧を身にまとい、兜をかぶっている。位の高い武者ではないようだ。ほどけた髪は潮風になびいて乱れ、落ちくぼんだ眼窩(がんか)の奥には、流し込まれた漆にも似た黒一色の眼(まなこ)があった。その目の中で、ちらちらと炎が燃えている。顔に血の気はない。まさしく死者の色だ。口許は干からび、幾筋も皺が刻まれている。しかし、何よりも異様なのは、その容姿ではなく、喉元に深々と刺さった一本の矢であった。亡霊になってさえ抜けないのか、あるいは何かの罰でそのままなのか。なんとも不気味極まりない。

呂秀は後ろを振り向き、海賊衆に向かって叫んだ。「船を止めて下さい」

有傅が、蛇に驚いた猫のような勢いで飛びあがって、みるまに顔色を変えた。何かが見えたのかどうかは訊いてみなければわからないが、見えていないとしても、張りつめた呂秀の声に、亡霊が出たことはわかっただろう。

鰐鮫は、にやりと笑みを浮かべ、海賊衆たちを振り返り、帆をたためと命じた。そして、視線を戻して舳先を睨みつけた。

律秀は平然と腕組みし、呂秀の次の言葉を待っている。法師陰陽師としてずば抜けた才能を持ちながら、物の怪や亡霊の姿がまったく見えない律秀にとって、呂秀が伝えてくれる言葉だけが次の行動を決めるよりどころだ。

武者の亡霊は左腕をこちらへ突き出し、見えない壁の表面をなでる仕草をした。海の底から湿った声が響く。

――あな口惜しや。

律秀が船にはった護符のせいで、武者の亡霊は結界の中へ入れないのだ。

――都人は、いずこか。

長い爪が生えた指先を曲げ、武者の亡霊は、何もない空間を繰り返し引っ掻いた。金物同士がこすれ合うような、耳をふさぎたくなる不快な音が響く。

有傳は、早くも泣き出しそうになっていた。

――匂うておるのに、近づけぬ。

次の瞬間、船全体が、下からぐうっと持ちあげられた。穏やかだったはずの海が、一転にわかに荒れ始め、船を波の山まで持ちあげた。

たちまち船は右舷の側へ傾き、波の谷へ向かって滑り落ちていった。

有傅が悲鳴をあげた。波が右舷を越えてきた。鰐鮫は帆柱にしがみつくと、有傅に向かって怒鳴った。「わしの腕につかまり、しっかりと足を踏ん張れ。船が揺れているあいだは、決して力をゆるめるな」

「か、かたじけない」

「遠慮するな。こういうときのために、わしらはおるのじゃ。気兼ねなく頼りなされ」

「さきほどは、ひどいことを言って申し訳なかった」

「口が悪いのは海の男たちの常よ。海の厳しさにさらされておると、言葉も自然と荒れるのだ。ここでは都のような優雅さは育たぬ」

大波の谷の底まで滑り落ちた船は、さらに強く左右に揺さぶられ、いまにも転覆しそうになった。亡霊が、船から護符を剝がそうとしているのだろう。船を揺すったぐらいでは剝がれないはずだが、これでは人間のほうが先にまいってしまう。

律秀が、張りのある声で呪文を発した。亡霊の力を抑え、護符の力を強める言葉を次々と唱えていく。

その間に、呂秀は亡霊に向かって大声で呼びかけた。「そなたの訴えを聴きましょう。まずは波を鎮めなさい。これでは話ができません」

武者の亡霊は返事をしなかった。薙刀の柄を両手で握ると、高々と振りあげ、すさまじい勢いで船に向かって振りおろした。

落雷に似た轟音が響き渡った。律秀が作った結界が亡霊の刃をはじいた音だった。刃は船にみじんも触れず、虚空を走って海上に白く長い筋を作った。波の形が大きく崩れ、海面が乱れて水飛沫が散る。

亡霊は唸り声をあげ、再び、薙刀を振りあげた。

刃は、幾たびも船に向かって振りおろされた。だが、いくら斬りつけても、船はそのつど呪力に護られた。

亡霊は執念深く同じ行為を繰り返す。斬りつけ続ければ、いつかは結界にほころびが生じるはずだと確信している様子だった。

なんという執念であろうか。

――これは長く続けたくない。

呂秀は頭の中で、あきつ鬼の名を呼んだ。「あきつ鬼、出てきて私たちを助けておくれ」

すると、呂秀の頭の中へ直接声が響いた。「もう助けておる。船が転覆せぬように、海の中からずっと支えておるわ。この程度の揺れで済んでいるのは、わしのおかげよ」

「そうでしたか。感謝します」

「おまえの兄は、呆れるほど優れた力を持っているな。これほど強い亡霊ならば、普通は、最初の一撃で船が沈んでおる。それでも、この護りがいつまでも続くとは思えん。

どこかでほころびが生じるだろう」

「では、どうすれば」

「ひとりで考えよ。わしは、おまえが命じる通りに動くだけだ」

呂秀は少し考え込んだのち、言った。「あの亡霊の、素性か名前を突きとめておくれ」

「承知した」

直後、これまでにないほど船が大きく傾き、海賊衆までもが悲鳴をあげた。

櫓の柄にとりついた者が、全力で足を踏ん張り、歯を食いしばって柄を引いた。二の腕に力こぶが膨れあがり、たちまち顔が朱色に染まる。おかげで、海水が船縁を乗り越えてくる前に、船は海面との角度をなんとか元に戻した。

呂秀は船縁にしがみつき、頭上を見つめた。あきつの形に似た真紅の光が、霧を切り裂き、武者の亡霊へ向かって一直線に進んでいく。赤い光は武者の周囲を何度もまわり、やがて、そこから離れて船へ戻ってきた。

武者の亡霊は、あきつ鬼の存在に気づいた様子ではあったが、何もせず、あたりを見まわしただけだった。

赤い光は、呂秀の胸元に飛び込んでくると、こう言った。「あいつの名はわからなかった。古すぎて、もはや記憶がすりきれている。だが、素性はわかったぞ。あれは平氏に仕えていた武者だ。治承・寿永の乱の折り、屋島の戦いで死んだ者なのだ」

　呂秀は息を呑んだ。「なんと。では、二百五十年余りも前に亡くなった方ではありませんか。そこまで古い亡霊であったとは」

「うむ。よほど強い妄執を抱いておるのだろう」

「なぜ、いまごろ出てきたのでしょう。二百五十年もあれば、これまで何度も姿を見せる機会はあったでしょうに」

「やはり、有傅どのがこの地を訪れたことと何か関係があるのだ。早く、有傅どのに亡霊と話をしてもらえ」

「普通の方は亡霊の姿も見えないし、声も聞こえないのです」

「だったら、おまえが間に立ち、双方の言葉を伝えてやるのだな」

　次の瞬間、赤い光は呂秀から離れ、荒れる波間に飛び込んだ。再び、海の中からこの船を支えてくれるのだろう。しばらくすると船の揺れが落ち着いてきた。

　帆柱にしがみついたまま鰐鮫が怒鳴った。「呂秀どの、霧に映るあの影が亡霊か」

　呂秀は驚いて訊ね返した。「見えるのですか」

「ぼんやりと、形だけだが」

　船が沈めば命はない日常を送っている海の男は、陸の者よりも感覚が鋭いようだ。

「そうでございます」と呂秀は応えた。「私には、山のように大きな武者の姿が、はっきりと見えています。海戦で亡くなった平氏の亡霊のようです」

「このあたりで起きた源平の海戦というと、屋島のあれか。激しく、名高い戦いだ。琵琶法師の語りにも出てくるやつだ」

平安の世の末期、平氏と源氏が戦った場所は数多くあるが、屋島もそのひとつだ。

屋島は、その名が示す通り、ひとつの島である。だが、潮が引くと陸との間が浅海になるため、源氏の大将であった源義経は、これを利用して島へ攻め込んだ。民家に火をつけて源氏を大軍と見せかけ、平氏軍に襲いかかったのだ。

急襲に慌てた平氏軍は海へ逃れたが、源氏軍の策略に気づき、相手の数が思いのほか少ないと知ると、船から源氏軍に向かって激しく矢を射かけた。たちまち、源氏軍には次々と死者が出て、戦いは夕刻まで続いたという。

鰐鮫にしがみついている有傅に向かって、呂秀は声をかけた。「有傅さま、こちらへお越し願えませんか」

「嫌じゃっ」水飛沫に濡れ、傾いた烏帽子がいまにも落ちそうな姿で、有傅は叫んだ。「はよう、亡霊を追い払ってくれ。我らを陸へ戻してくれ」

「何度も申し上げますが、亡霊は、有傅さまに用があるのです」

「そなたが代わりに訊けばよいではないか」

「逃げてばかりでは、いずれ、この船は覆されてしまいます。さあ、お早く。幸い、あの亡霊の素性がわかりましたので、こちらは相手の力の半分を押さえたも同然です。ここからは楽ですぞ」

鰐鮫が声をはりあげた。「勇気を奮い起こして進みなされ。何かあれば、わしが腰の刀で護ってやるわ」

帆柱から手を離すと、鰐鮫は有傅の手をふりほどき、前へ突き飛ばした。そして、腰に吊した鞘から大きな刀を引き抜いた。巨鯨の皮でも切り裂けるのではないかと思えるほどの、分厚く頑丈そうな刃が、ぎらりと妖しい光を放った。人間の首ならば、一瞬で刎ねてしまえるに違いない。

有傅は「ひゃっ」と情けない声をあげ、呂秀がいる舳先まで駆けていった。鰐鮫もそのあとについていく。

律秀は呪文を止められないので、絶え間なく護りの言葉を唱えながら、ちらりと横を見た。早くしてくれといった面持ちで有傅を睨みつける。

皆からせきたてられて腹をくくったのか、有傅は深い呼吸を繰り返し、気持ちを落ち着けようとしていた。呂秀の手をしっかと握り、かぼそい声で「はよう、話をとりついでくれ」と訴えた。

「承知いたしました」

呂秀は武者の亡霊を見あげ、大声で告げた。「そこにおる平氏の亡霊よ。いま、こちらには、都の陰陽寮に勤める天文生さまが確かにおられる。何かを伝えたいなら、言葉にするがよい。私が伝えてやろう」

武者の亡霊はぐっと顎を引き、少し身を屈めて舳先に近づいてきた。間近で見た巨大な顔は荒ぶる鬼そのもので、さすがに呂秀も身震いした。

亡霊は目を細めて言った。「都人よ。おまえは、京の猿楽について詳しいか」

予想もしなかった問いに呂秀は驚いたが、有傳にそのまま言葉を伝えた。

有傳も唖然としたが、すぐに気を取り直して応えた。「教養としては知っておる。猿楽の一座に何か用があるのか」

「では、おまえは、『敦盛』という演目を知っておるか」

猿楽『敦盛』は、源平合戦のひとつである一ノ谷の戦いのあと、源氏の武者・熊谷次郎直実が、やむを得ず、平氏の雅な若武者・平敦盛を討ち取ったときの哀しき出来事をもとにした物語である。命乞いもせず、誇りをもって討ち取られた敦盛を憐れに思い、自分の行いを悔やんだ直実は、のちに出家して僧になってしまう。猿楽『敦盛』は、僧となった直実のもとへ敦盛の亡霊が訪れ、ふたりで語り合う物語である。源氏と平氏という敵同士の関係を越え、誇り高きふたりの武者が心を通わせる美しい物語だ。猿楽には他にも源平合戦を扱った演目があり、これはそのひとつである。

有傳が知っていると答えると、平氏の亡霊は続けた。「では、わしをシテ（主役）として、新たな猿楽をひとつ作ってくれないか。それを都で舞台にかけてほしいのだ。戦に敗れたのはしかたがないが、このまま忘れ去られてしまうのは、平氏の者としてつらいのでな」

呂秀が訊ねた。「あなたは名のある武将なのですか。だとすれば、お名前をお聞かせ頂けませんか」

「名は忘れた。もはや思い出せない。しかし、源氏軍の名のある武者に倒されたことは、よく覚えている」亡霊は喉に突き刺さったままの矢を指さした。「わしを射たのは、源氏軍の那須与一と申す者。船上の扇を落とした弓の名手じゃ。それを忘れぬように、いまでも、この矢を抜かずに大切にしておる」

呂秀が有傳にそれを伝えると、有傳は「なんと、あの若武者と戦われた方か」と感嘆の声をあげた。「では、あなたも弓の名人で、ふたりで激しく射かけあったのですか。ならば、猿楽にすれば、さぞかし華やかな舞台となるでしょう」

「いやいや、そうではない」亡霊が悲しそうに顔を曇らせた。「わしは一瞬で射貫かれてしまったのだ。ひゅうっと音がしたかと思うと、もう喉に矢が刺さっておった」

あっ、と有傳が声をあげた。「そうか。わかったぞ。あなたは、あの方だ」

呂秀はそっと訊ねた。「わかるのですか。この亡霊の素性が」

有傳は、しっかりとうなずいた。「屋島の戦いは、平氏が反撃に出てからもなかなか決着がつかず、夕方、いったん休戦となったのだ。そのとき、海側にいた平氏の側から、見目麗しい女房が乗った船がしずしずと進み出て、両軍の間で動きを止めた——」

よく見れば、その船上には、紅の地に金色の日を描いた扇を結びつけた竿が、一本立っていたという。女房は笑みを浮かべつつ、陸へ向かって手招きをした。これは、平氏から源氏への挑発であった。『源氏軍に、これを射落とせる者がおるならば、見事に射落としてみせよ』と。

揺れる船上に掲げられた小さな扇を射落とすのは至難の業だ。だが、断れば、源氏軍は誘いに臆したとはやし立てられる。かといって、射かけても打ち落とせなければ、源氏の弓の腕前はその程度かと、やはり笑いものになる。ここは、なんとしてでも、あれを射落とさねばならぬということで、源氏軍では、那須与一という弓の名手が選び出され、大将である源義経から『あれを必ず射落とせ』と命じられた。

大変な役目を担わされてしまったと、若き与一は緊張に震えながら馬に乗り、ざぶんと浅瀬へ進み出た。なるべく扇までの距離を縮められる場所、馬が溺れぬぎりぎりの深さで止まると、呼吸を整えてから弓を構えた。

この時刻、夕陽はまだ沈みきっていなかった。

北風は強く吹きつけ、磯には高い波が打ち寄せ、船上の扇は、きらきらと輝きながら揺れていた。

洋上では平氏軍がこの余興を楽しそうに眺め、陸では源氏軍が固唾(かたず)を呑んで成り行きを見守っていた。

与一は目をつぶり、祈った。

――南無八幡大菩薩、我国の神明、日光権現、宇都宮、那須のゆぜん大明神、願はくはあの扇のまなか射させてたばせ給へ。

失敗すれば、弓を折り、自害するつもりであった。

祈りを唱え終えて目をあけたとき、風はさきほどよりもおさまり、射やすくなっているように見えた。鏑矢（かぶらや）をつがえた与一は弦を限界まで引き絞り、次の瞬間、ひょうと射放った。

矢は、目にもとまらぬ速さで扇を射落とすと、船上を越えて海の中へ飛び込んだ。宙に舞った扇は、ひらりひらりと春風に揉まれたのち、さっと波間に落ちていった。

平氏軍が船縁を叩いて歓声をあげた。これは見事、敵ながらあっぱれじゃと、与一の腕前を誉めちぎった。

陸では源氏軍が箙を叩き、ようやった、ようやったと大騒ぎである。

しばらくのあいだ、あたりには、敵も味方もなく、射手を賞賛する声が満ちあふれた。扇を立てていた船上では、歳の頃五十ほどの平氏の武者が陽気に踊り始めた。黒革縅の鎧を着て白柄の薙刀を手にした武者は、実に楽しそうに舞い、ここが合戦の場であるのも忘れたような喜び方だった。

ほっと息をつき緊張をゆるめた与一のもとへ、そのとき、源氏軍の伊勢三郎義盛が近寄り、そっと囁いた。「あれも射よ、とのご命令である」

源氏の大将・源義経が、陽気に踊っている平氏の武者を見て、あれも扇と同じく射ろと命じたのである。

与一はうなずき、今度は、普通の矢をつがえた。さきほどのように弓を引き絞り、一瞬のちには指を離していた。

矢は容赦なく狙った者の首を射貫いた。黒革縅を着た武者は、どうっと倒れて、そのまま動かなくなった。

さきほどまでの喝采が嘘だったように、平氏軍は、しんと静まりかえった。

源氏軍は、再び箙を叩いてどよめいた。

あまりの出来事に、「なさけなし（思いやりがない）」と口にする者もあり、怒りを燃えあがらせた平氏軍は、たちまち戦を再開して、源氏は、あらためてこれを受ける形となった――。

有傅が語り続けているあいだ、武者の亡霊は何度もうなずき、黙って耳を傾けていた。

話が終わると「さすが、よく知っておる」と誉めた。「与一は射手であった。命じられれば人を射るのはしかたがない。許せぬのは、扇落としの趣きを理解できなかった義経だ。品がなく、情がなく、武者としての生き方以外は何も知らぬ男であった。そのような輩の物語が、猿楽で演じられ、人気をとり、舞台の上でも喝采を浴びる——。勝った側の若武者だから人気が出たのだろう。そして、源平合戦では勝ったが、兄である頼朝（よりとも）から疎まれ、都から追われて不遇の死を遂げたので、可哀想だと皆の同情をかうのだろう。多くの物語の中で、その名は永遠に語り継がれていく。ああ口惜しい、恨めしい。琵琶法師による『平家物語』だけでなく、平氏の戦いを、いまの世に相応しい華やかな猿楽として広めたいのだ。これを都で舞台にかけ、多くの者たちに、我らの勇壮さを知らしめたい。できぬか、都人。それぐらいはできるであろう、都人よ」

　意外な望みに驚きつつ、呂秀は「なるほど。事情はわかりました」と応え、訊ねた。

「では、どのような物語がよろしいのですか」

　亡霊は胸を反らせて応えた。「平氏が源氏を押しているときの合戦の話がよい。わしを活躍させ、義経にも負けぬほど勇敢であったと、のちのちまで語り伝えてほしいのだ」

　呂秀が亡霊の言葉を有傅に伝えると、傍らで話を聞いていた律秀が、呪文の詠唱をぴたりとやめた。乾いた声でひとしきり笑ってから、言った。「これはまた、なんともすさまじき妄執だ。こんな想いを抱いていたのでは、何百年たっても成仏できまい」

　呂秀は律秀を厳しくたしなめた。「修羅道に堕ちている霊なのです。あまり責めないであげて下さい」

「だが、どうするのだ。かなえてやらねば、亡霊は、ずっと有傅さまにつきまとうであろう」

有傳は両手で頭を抱えた。「無理じゃ。『敦盛』のような美しい物語ならともかく、都の者は、平氏の活躍を描いた物語など受けつけぬ。何しろ平清盛には、ずいぶんと嫌な思いをさせられたからな。とうてい許すとは思えぬ」

「では、どうしますか」

「断るしかあるまい」

「それでは、亡霊は怒り狂うばかりです」

「しかし、できぬものはできぬ。そもそも私は、都の一座に新作を持ちかけられる強い伝手など、まったく持っていないのだ」

すると、律秀が言った。「都ではなく、この地なら望みがある。寿座の常磐大夫に、頼んでみてはどうかな」

「おお」呂秀は、ぱっと顔を輝かせた。「あの方なら安心して任せられますね。そもそも、平氏の話ならば、都よりも、播磨国で猿楽にするほうが相応しいのですから」

有傳が口を挟んだ。「その方は誰ぞ。こちらで有名な一座の者か」

「ええ」と呂秀は応えた。「こちらで演じられる猿楽は、都で将軍さまにご観覧頂くものとは違い、農人相手に見せる楽しい芸です。寿座は、たいそう意欲に満ちた新作も書く一座。平清盛は播磨守でもあったので、平氏は、こちらとは縁の深い一族です。なんのわだかまりもなく、よい舞台を作って下さるでしょう」

呂秀は武者の亡霊を見あげ、声をかけた。「都で頼むのは難しそうですが、この播磨の地ならば、あなたをシテに新作を手がけられそうです。どういたしましょうか」

「本当に作れるのか」

「詳しくは猿楽一座の者に相談してからになりますが、今日から、あなたが海人や海賊衆を怖がらせず、静かに隠れてくれるなら、我らが一座の長に頼みに行きます。お付き合いのある一座ですから、気安く相談にのって下さるでしょう。演目が喜ばれ、大評判になれば、都からもお呼びがかかるかもしれません。そうやって地方から都に躍り出て、出世した一座が本当におります。そうなれば、都の方々にも観てもらえますよ」

「完成したら見に行ってもよいか」

「勿論です。でも、皆さんを驚かせないようにして下さいね」

すると突然、海の底から、どっと歓声が湧き起こった。何百人もの武者が鬨(とき)の声を上げ、一斉に太鼓を打ち鳴らしたかのようだった。

亡霊は薙刀を持ちあげ、楽しそうに海上で舞い踊った。「うれしや。わしらがシテとして活躍する猿楽が生まれるぞ」

その足取りは、扇をかけた勝負が決着したとき、船上で陽気に踊ってみせた武者の様子とはこうであったのだろうと、皆に思わせるものだった。

「頼むぞ、頼むぞ」武者の亡霊は、うきうきとはしゃぎながら繰り返した。「平氏の勇姿を、どうか、いつまでも語り伝えてくれ。源氏に滅ぼされた憐れな一族としてではなく、図太く、力強く、心のおもむくままに世を駆け抜けた、誇りに満ちた一族として語り伝えてほしいのだ。何卒、何卒、よろしくお頼み申しますぞ」

薙刀を片手に華やかに舞いつつ、武者の亡霊は霧の中へ徐々に消えていった。

やがて、船腹を洗う微かな波の音だけが、静かにその場に戻ってきた。

呂秀は皆のほうへ振り返り、「終わりました」と告げた。「まだ少し霧が残っておりますが、おいおい晴れてくるでしょう。鰐鮫どのも刀をお収め下さい。もう船を浜へ戻しても大丈夫です」

鰐鮫は刀を鞘に戻し、不思議そうに訊ねた。「これで、あの亡霊は成仏してくれたのか」

「成仏したわけではありませんが、本人が納得したので、もう海には姿を現さないでしょう。我らは浜へ戻ったら、すぐに寿座を訪れ、常磐大夫にこの件を持ちかけます」

「もし、断られたら」

「猿楽を作る方は不思議な話が大好きです。今日の出来事を話して聞かせれば、目を輝かせ、もっと詳しく聞かせてくれと身を乗り出すでしょう。心配はいりません」

有傅が、その場にへなへなと座り込んだ。呂秀が心配して肩に手を置くと、ほっと息を洩らして言った。

「猿楽には、『八島』という演目が既にある。八つの島と綴って『やしま』と読ませるのだ。源義経の亡霊が、彼の地を訪れた旅人に屋島の戦いの様子を語って聴かせる物語だ。平氏の亡霊をシテとする新作ができれば、先にある作と併せて、表裏一体の関係を持つ物語となるだろう。琵琶法師が奏でる『平家物語』があれほど有名なのに、猿楽でも源氏に負けたくないとは、なんともはや平氏らしい負けん気の強さだ」

そして有傳は、皆の前で『八島』の一節を口ずさんでみせた。

海山を離れやらで
帰る八島の恨めしや　とにかくに執心の　残りの海の深きよに
夢物語申すなり　夢物語申すなり

有傳は続けた。

「そなたらも、新しい猿楽の題には『八島』とつけるがよろしかろう。いや、平氏の側の物語であるから、『新八島』、あるいは『異本八島』といったところであろうか」

「命名ありがとうございます」呂秀は丁寧に頭を下げた。「あの巨大な亡霊は、与一に射殺された男だけでなく、この海で討ち死にした、大勢の平氏の霊が集まったものだったのかもしれませんね。我らを忘れてくれるな、いつまでも覚えておいてくれと、皆で姿を現したのかも」

律秀が晴れ晴れとした顔で笑った。「とにかく無事に決着したのだ。さあ、浜へ帰ろう。どこかで一献傾けて、冷えきった体を温めねば」

「それがよろしいですね。有傅さま、お疲れさまでした。海賊衆の皆さまも、まことに、ありがとうございました」

「こういうのは、もう二度とごめんじゃ」有傅はひきつった笑みを浮かべた。「頼まれても次はないからな。私は星以外は見とうないのじゃ」

鰐鮫が神妙な面持ちで呂秀たちに向かって頭を下げた。「律秀どの、呂秀どの。あんた方の力がよくわかった。実に見事だった。物の怪に困ったときには、また、いろいろと頼みたい。構わないだろうか」

「はい、いつでも遠慮なく」呂秀は素直に笑みを返した。「海人を仲立ちに、いつでもご相談下さい。我ら兄弟は、そのためにいるのですから」

船は再び帆をあげ、向きを変えて浜へと進み始めた。

浜へ近づくにつれて霧は徐々に晴れていった。

雲間に広がるのは凜とした青。

今宵、春は少しだけ歩みを止め、再び、冬の寒さがぶりかえすのだろう。

猿楽『八島』の終盤、旅人が見せられた幻夢が消えゆくさまは、こう謡われている。

敵と見えしは　群れゐる鷗
鬨の声と聞えしは　浦風なりけり
高松の浦風なりけり

敵と見えていたのは群れる鷗であった、鬨の声と聞こえたのは海辺に吹く風の音であった、という意味である。一夜の夢として見た義経の亡霊と、旅人の目にありありと見えていた合戦の幻は、朝日と共に消えていったのだ。

だが、武者たちの亡霊は、これからも絶えることなく修羅道で戦い続ける。それが血みどろの道を生きた武者たちの定めだと、猿楽の物語は告げる。

けれども、それを強いたのは誰か。

それが必要であった世と、他者のために鮮血をかぶって戦い抜いた武者たちを、のちの世の我らが、知らぬ顔をして忘れるわけにはゆかぬだろう。

そう考えると、呂秀は武者の亡霊たちを責める気にはなれなかった。数珠を持った手を合わせ、いつかは御仏の慈悲によって、武者の亡霊たちが修羅道から救い出される日を、祈らずにはいられなかった。

呂秀たちが、武者の亡霊との約束通りに寿座の常盤大夫を訪れ、猿楽の新作案をまとめたのち——この海域に現れていた亡霊は、一切、その姿が見られなくなったそうである。

第六話　光るもの

一

　寒さが遠のき、日ごとに暖かさが増してゆく中で、呂秀と律秀が暮らす薬草園でも、梅や木瓜(ぼけ)の花が咲き、草木が芽吹き、日ごとに蕾が膨らんでいた。

　やがて、桜の花がほころび始めた頃、畠とその周辺で翹揺(げんげ)の花が一斉に開いた。薄紫色の雲が大空から滑り降り、地上に広がったかのような光景だった。

　薬草園の奥には、桜の木と梨の木が一本ずつ生えており、これらも春の訪れと共に新芽をぐんぐんと伸ばしていた。草庵を建てる前からあり、幹の太さや樹高から、かなりの年月を生きてきたとわかる樹木である。

　呂秀と律秀は、毎年、この桜と梨の花を見るのを楽しみにしていた。

　世間では「花」といえば「桜」である。だが、同じ時季に咲く梨の花も、姿形はたいそう麗しい。桜に勝るとも劣らないほどだ。

ところが、梨は花の匂いがよろしくない。桜の花にはほんのりと甘い香りがあるが、梨の花には独特の生臭さがある。花の姿は可憐なのに、この臭気のせいで人々は梨の花を避ける。秋に採れる梨の実は、甘酸っぱい汁気がしたたる美味な果実なのに、なんとも不思議な樹木である。

勿論、それさえ気にしなければ、どちらも素晴らしい花である。

樹下に筵を敷き、誰も訪れない園内でふたりだけで花を楽しむのは、なんともいえない贅沢だ。白湯や酒を飲みながら、炒った椎の実や、甘い干し棗などをつまむ。

ぜひ見せてくれと遠方より人々が押しかける名花でもないので、花が満開となっても喧騒とは無縁だ。猿楽の『西行桜』では、庵を訪れた花見客の勢いに西行法師が気疲れしてしまうくだりがあるが、ここの桜と梨は呂秀と律秀だけのものだ。ふたりだけの花見は穏やかで、日頃の疲れをいっとき癒やしてくれる。

今年も呂秀と律秀は、桜と梨の花が満開になるのを心待ちにしていた。

勿論、その前に、薬草園の今年の畠を整えておかねばならない。

春の気配を感じる少し前から、農人たちは畠に鍬を入れている。この薬草園でも、漢薬となる草木を育てる作業が始まり、野良着をまとった呂秀と律秀は、毎日、畠を整える作業に追われていた。

冬の寒さを耐え抜いた牡丹などの多年草から、風雪を避ける覆いをはずし、霜よけの藁を根元から取り除く。休ませておいた畠は、よくすき込み、水で湿らせ、一年草の種をまいていく。肥料を追加する時期、種まきの時期、草抜きの時期など、すべて薬草の種類ごとに異なるので、気を配るべきことは山のようにあった。稲や野菜を育てるのと同じように手間がかかるのである。

ふたりだけでは手に負えないので、もう少したてば、なぎをはじめとする近隣の農人が、手伝いに来ることになっていた。それまでは、呂秀と律秀だけで懸命に働くのだ。

太陽が真南に来た頃、ふたりはいったん手を止め、休憩をとった。

草庵の縁側に腰をおろし、葛から作った水飴をなめ、白湯を飲む。疲れた体に甘いものは心地よく沁みた。白湯で喉の渇きを癒やすと、水を与えられた草木のように、全身に活力が戻ってきた。

「冬の間に、すっかり体がなまってしまったな」と律秀は言い、縁側にごろりと横たわった。「今年の冬は大きな成果がなかった。もう少し、熱心に働いたほうがいいのかな」

「そんなことはないでしょう。村をよく巡りましたし、恐ろしい物の怪にも出遭ったではありませんか」

「あれぐらいならしれている。幼少の頃には、もっと怖い出来事に遭遇して、懸命にしのいだではないか。ああいう刺激がまたほしい」

「働きすぎて体を壊したのでは元も子もありません」

「――この世をよく知っているつもりでも、我々はまだまだ疎い。山の神に招かれねば、幼子が山に隠されていることも知らなかった。なぎさんが依頼してこなければ、亡霊に怯える海人（あま）たちの苦労も知らなかった」

「そうですね――。この冬は人とのご縁が増え、世の広さを、あらためて教えられました」

「常磐大夫と一緒に、新作猿楽の相談ができたのは楽しかったな」

「はい。よき舞台になるとよろしいですね。亡霊が出てくる修羅物なら、村人たちも大喜びするでしょう。初めての舞台は、夏になるか、秋祭りのときか。どなたが演じるのか楽しみです」

「平氏の武者は白扇どのがよかろう。技量が他の者とは段違いじゃ。怖さに迫力がある。蒼柳どのは源氏の若武者だな。勢いがある」

「亡霊が舞台を見に来たら、すぐにお教えしますね。私には見えますから」

「うむ。頼んだぞ」

たわいもない会話を続けているうちに、律秀は畠の手入れで疲れたのか、うとうとし始めた。やがて、声をかけても応えなくなった。燦々と陽が射す縁側の心地よさに、すっかり寝入ってしまったようだ。

呂秀は笑みを洩らし、律秀を、そのままにしておくことにした。縁側から奥へ戻って小袖を取ってくると、律秀の上にそっとかけた。寝返りで湯のみをひっくり返さないように、からになった器はすべて片づける。

さて、しばらくは、ひとりで作業を進めておこう――と、縁側から足をおろして草鞋を履き、立ちあがろうとして視線をあげたとき、聴き慣れぬ物音を耳にした。

首をひねってその方向を探すと、翹揺が咲き乱れる畠の一角に人影があった。

誰かが舞っている。

驚くほど軽やかな身のこなしである。

足下に広がる薄紫の花を少しも損なわず、狐が飛び跳ねるように、爪先立って踊っている。

これほど人が激しく舞えば、柔らかな翹揺の花などはたちまち散り、茎は折れてしまうはずだ。そうならないのは――。

「ああ、人ではないのだな」と、呂秀はすぐに気づいた。

薬草園を訪れる者は、必ず、まっすぐに草庵までやってくる。戸口を叩いて反応がなければ、畠のほうへまわってくる。呂秀も律秀も、たいていはそこにいる。

それもせずに畠の中で勝手に踊るなど、人ではないもの以外には考えられない。

もっとも、人ではないといっても、踊っている姿自体は人そのものだ。柔らかく丈の長い衣を重ね着して、領巾(ひれ)をなびかせるさまは、まるで天女のようである。

天女の衣は、唐王朝で用いられたそれとそっくりだと伝え聞いている。巻物の絵でも木像でも確かにそうだ。畠で舞う者の姿は、まさにそれを思わせた。

顔立ちは、女にも男にも見えた。

子供のようにも、老いているようにも見える。

陽に透ける大きな扇を翻すたびに、衣や領巾が春風に誘われるように揺れ動く。どこからか笛の音や鈴の音まで聞こえてきそうな光景だ。

なんともいえぬ不思議さだった。自分の家の中で迷子になったような、理の歪みと向き合っている気分に襲われた。

人ではないものの全身は、うっすらと薄紅色の光を帯びていた。自ら光を放っているせいか、その姿はあたりの景色に溶け込み、ときどき陽炎（かげろう）のように形が歪む。

この物の怪を、なんと呼べばよいのだろうかと思ったとき、自然とその呼び名が頭の中に浮かんだ。

光るもの——としか呼びようのない存在だ。

人の形をしているが、童女でも童子でもなく、女でも男でもなく、若人でも老人でもない。このような存在を名づけるには、ただ、その形状をもってして、「光るもの」としか呼びようがない。

呂秀のまなざしに気づいたのか、光るものは舞うのをやめた。

領巾がひらりと肩に落ち、長い衣の裾がゆっくりと落ち着く。

光るものは呂秀を見つめて目を細めた。薄い唇の両端をわずかに持ちあげる。

刹那、翹揺の花を軽々と越え、畠の外へ飛び出した。領巾の端を持ちあげ、呂秀を手招きした。

呂秀は、縁側で横になっている律秀を一瞥した。熟睡している。起こすのは忍びない。

ひとりで追うと決め、縁側から腰をあげた。

光るものは納得したのか身を翻した。軽やかに跳ねながら、薬草園の奥へ進んでいく。

呂秀はそのあとを追いかけた。領巾が小さな龍のように、光るものの体にまとわりついて踊っている。

これほど麗しく、心惹かれる物の怪に出遭ったことはない。勿論、美しいからといって安心できるわけではなく、美貌で人を惑わし、突然、豹変する物の怪はたくさんいる。

だが、怨念も執着も悲哀も感じられない物の怪など初めてだ。経験を積んだ法師陰陽師ですら見逃してしまう、めったに遭遇できない存在なのかもしれない。

ふいに、鼻の奥に甘い香りが広がった。香りは前方から流れてくる。光るものが発しているようだ。あまりの心地よさに、一瞬、呑まれそうになった。

はっとなって懐に手を入れ、数珠を強く握りしめた。いつでも物の怪を見てしまう呂秀にとって、僧衣をまとっていないときでも数珠は手放せない法具である。

懐から数珠を引き出し、ひとふりして香りを打ち払う。すると、香りは、ほんの少しだけ和らいだ。

——はて、この匂いは。

どこかで嗅いだ覚えがあった。だが、どうしても思い出せない。

やがて光るものは、桜と梨の木が生えている場所まで辿り着き、足を止めた。くるりと、こちらへ振り向く。

呂秀を見つめ、また少しだけ笑った。

見れば見るほど、吸い込まれそうになる容姿である。子供の無邪気さ、若人の活力と清々しさ、歳を経た者の落ち着き、老いたる者の賢さ、そのすべてが、薄紅色の輝きの奥から放たれている。

呂秀は光るものに声をかけた。「何を伝えたいのですか。私にできることなら、いくらでもお手伝いします。遠慮なく仰って下さい」

光るものは背後の梨の木を指さした。頰を寄せ、愛おしそうに幹をなでる。そして、呂秀に視線を向けつつ、木の幹を繰り返し叩いた。

——梨の木に、何か異変があるのか。

呂秀はそばへ近づき、樹木を、しげしげと見つめた。

そして、ようやく気づいた。

いつもの年より、新芽や蕾に勢いがないように見える。枯れかけている様子ではないが、呂秀には実感できぬほど長く生きてきた樹木だ。調子が悪くなっても不思議ではない。呂秀は梨の木にも肥料や水をやってきたが、思いもかけぬ理由で弱っているのかもしれない。

光るものに向かって呂秀は訊ねた。「この木を調べてほしいのですか」

光るものは大きくうなずいた。

呂秀は続けた。「どこが悪いのですか。あなたの言葉で教えられますか」

すると光るものは顔を曇らせ、頭を左右にふった。人の形をして人の言葉を理解できても、人の言葉は喋れないようだ。

あるいは、呂秀自身に、この物の怪の言葉を聴く能力がないことを、伝えたいのかもしれない。

物の怪と人とは、そう易々と意思が通じたりはしない。

先日の亡霊のように、本人に訴えたい気持ちが強ければ、お互いの意思は伝わりやすい。だが、通じないほうが自然なのだ。物の怪と人とでは存在の理が違う。必ずしも、言葉や思考を理解し合えるわけではない。

「わかりました」と呂秀は言った。「私の兄は薬師です。日頃は人しか診ませんが、もしかしたら、樹木の病気を治す方法も知っているかもしれません。相談してみます。しばらくお待ち下さい」

光るものは背筋を伸ばし、人と同じ仕草で深々と頭を下げた。

身を包んでいる光が強さを増した。その姿は、徐々に風景に溶け込んで消えた。

二

縁側に戻ってみると、律秀はまだ眠っていた。呂秀は律秀の耳元で「兄上、そろそろお目覚めを」と声をかけた。

律秀はゆっくりと目を開いた。「どうした」

「奇妙なものを見ました」

「物の怪か」

「はい」

呂秀は、光るものについて詳しく語った。

最後まで聞き終えると、律秀は草鞋を履いて縁側から腰をあげた。「では見てみよう。そこまで不思議な体験をしたのであれば、必ず何かあるはずだ」

呂秀たちは、再び梨の木のそばまで行ってみたが、光るものは現れなかった。

呂秀が「さきほどの方、どこにおられますか」「薬師殿を連れて参りました。お願いしたいことがあれば、こちらに」と周囲に声をかけても、何も姿を現さない。

呂秀は落胆したが、律秀は自ら梨の木を叩き、樹木とそのまわりに目を光らせた。

やがて、「これかもしれんな」とつぶやいて、梨の木の根元近くを指さした。よく見ると、呂秀が気づかなかった小さな穴が幹にあいている。ぽつりぽつりと、何ヶ所も、指一本分ほどの太さの穴があった。

「虫食い穴でしょうか」と呂秀が訊ねると、律秀はうなずいた。「虫が、樹木の中を食い荒らしているのだろう。おまえが見た光るものは、梨の精かもしれんぞ。我々に助けを請うたのではないかな」

「しかし、人間相手ならともかく、樹木の治療となると――」

「うむ。私も知識がない。どうすれば樹木の中の虫を殺し、樹木に元気を取り戻してやれるのか」

律秀の話によると、さすがに、『和剤局方』にも、樹木の病気に効く処方は載っていないという。

「まあ、梨は人との付き合いが長い樹木だ。調べれば、どこかに治療の記録があるだろう。燈泉寺の書庫で探してみよう」

「覚えがあるのですか」

「寺は、長年、農人たちの相談を受けている。虫による被害と対処についても、詳しい記録が残っているだろう」

「では、私も一緒に」

「おまえは家で待っておれ。また、梨の精が話しかけてくるかもしれん」

いまから寺へ行っても夕方になってしまう。律秀は「出かけるのは明日だ」と言い、その日は夕餉を終えると早々と床についた。

翌朝、朝餉を取ったあと律秀が寺へ行ってしまうと、呂秀はひとりで畠に出て、毎日の作業に勤しんだ。

光るものは今日は姿を見せなかった。呂秀と律秀の会話を聴いて安心し、静かに治療を待っているのかもしれない。

夕方、律秀は満足げな様子で薬草園に帰ってきた。

懐から書きつけを取り出して「薬を作るぞ」と言い、板の間に布を敷いた。薬箪笥から取り出した漢薬を並べ、天秤でひとつずつ必要な分量をはかっていく。「手当ては明日に行うが、漢薬は夜のうちにそろえておこう。朝に煎じて、冷ましてから使うのだ」

呂秀は目を丸くした。「煎じ薬を使うのですか」

「そうだ」

「人間の病と同じく――」

「燈泉寺の書庫に、やはり記録があったのだ。念のため、果樹の育て方に詳しい農人にも訊いてみた。確かにこのような方法があって、よく効くらしい」布の上には、既に、十種類以上もの漢薬がある。「苦参、黄連、黄柏。どれも、少しなめただけで飛びあがるほど苦い薬だ。これに、こちらの十種を加えて、土瓶で煎じる」

「根元にまくのですか」

「いや、虫食い穴に流し込むのだ」

翌日、律秀は煎じ薬が入った土瓶を片手に薬草園の奥へ向かった。呂秀は、ひとたばの麦藁と小刀を運ぶように命じられていた。それを持って律秀のあとからついていく。

梨の木の様子は一昨日と変わりなかった。

光るものが教えてくれなければ、治療など思いもよらなかっただろう。

呂秀の背筋を、ひんやりと冷たいものが走った。もし、何も知らぬままに、この木を放置していたら――。

知識が欠けていることの恐ろしさを痛感した。これが草木ではなく、人であったらどうなっていたか。梨の精が姿を見せて訴えていなければ、何も気づかなかったのである。想像するだけで己の未熟さに身が震える。

律秀は「作業の間に蹴飛ばさぬように」と、土瓶を木から離れた場所に置いた。呂秀から小刀を受け取り、鞘から抜きながら言う。「一昨日、ここに虫食い穴を見つけただろう」

「はい」

「これは、幼虫が育って抜け出たあとの穴らしい。この奥には、もう何もいないのだ」

「では、残りの虫はどこに」

律秀は無言で幹の一ヶ所を指さした。

幹の一部に、表皮が変色し、幹の内側から木の粉が噴き出しているように見える部分がある。律秀は、そこを小刀の先で掘り始めた。「虫は、このような場所の奥にいるそうだ。人の指ほどの太さと長さで、毛虫に似ているが毛は生えておらず、色は白っぽい象牙色、表面はつるりと滑らかだ。そして、全身に規則正しく節がある。この虫は木の中をどんどん食い荒らすが、そのときに生じるおが屑を、穴の外へ押し出してゆく。そこを見つけるのだ」

おが屑を刃の先ではらってみると、確かに、樹木の奥深くまで続く穴が現れた。律秀は言った。「さあ、ここからが根気のいる作業になる」

律秀は麦藁を一本手にとると、土瓶の蓋をあけて中へ差し入れた。土瓶を持ちあげ、麦藁の端をくわえて、煎じ薬を吸いあげる。麦藁の中空に煎じ薬があがってくると、くわえていた部分を唇から離し、親指の腹で押さえた。その麦藁を、さきほどの穴の奥深くまで押し入れ、親指を麦藁の先端から離して、ふっと軽く吹いて薬液を流し込んだ。

この作業を、虫食い穴から煎じ薬が溢れ出すまで繰り返した。

「手順がわかったか」律秀は呂秀に訊ねた。呂秀が「はい」と応えると、では、他の穴も探すから、おまえも同じようにやってみろと促した。

幹が変色している部分は他にもあり、小刀で掘ると、やはり同じように虫食い穴が見つかった。

麦藁で煎じ薬を吸いあげ、穴の中へ流し込む作業を続ける。

表面の穴の小ささに反して、虫食い穴は奥深くまで続いている様子だった。何度も煎じ薬を流し込んで、ようやく外まで溢れてくる。なるほど、これは根気のいる作業だ。

「これだけで虫が死ぬのですか」と呂秀が訊ねると、律秀は「記録にはそうあった」と応えた。「とびきり苦く、濃い薬だ。虫など、ひとたまりもあるまい」

「苦しさのあまり、外へ這い出てくるのでしょうか」

「いや、このまま中で死んでしまうのだ」

「ああ――」

「可哀想、などと言うなよ。薬草を育てる途上で、我々は、それにつく虫をどんどん殺している。人の命を救う草木を育てるために、生きている虫の命を奪うのだ。人とは、なんとも罪深いものだな。だが、気に病んでいたら生きられぬし、他者も救えぬ。おまえは梨の精から、助けてくれと頼まれたのだろう」

「はい」

「では、悩まぬことだ。虫には虫の、人には人の都合がある。今日、我々はここで虫に勝つが、この世のどこかで、虫のほうが樹木に勝っている場所があるのだ。そこでは人は樹木を救えず、樹木は自分の運命を受け入れて枯れていく。命の巡りとは、実に、平等にできていると思わないか。すべてが食い、すべてが食われ、殺し、殺され、いずれは土に還っていく。我らも例外ではないのだぞ」

呂秀は小さくうなずいた。まったくその通りだ。だから、生きているうちは、生きられるように生きるしかない。人も虫も草木も、生きるための真剣さは同じだ。「この薬、梨の木自身も苦く感じるのでしょうか」

「同じ草木同士だから、平気ではないのかな」

「薬は、毎日与えるのですか」

「一度だけでよい。このまま、しばらく様子を見る。葉が勢いよく繁り、花が元気に咲いたら成功だ。美味しい実がなる木には、この虫がつきやすいらしい。いまの時期、この中にいる虫は、たいてい蛹（さなぎ）になっている。それが羽化すると、玉虫のような形をした虫が這い出てくるそうだ。長い触角を持ち、顎（あご）は鋏（はさみ）のように鋭く、樹皮をむしりとって食べるのだ」

「今回は殺せても、毎年、卵を産みにくるわけですか」

「そうだ。これからは、いつも気をつけておいてやろうな。畠の薬草と同じように」

三

それから毎日、呂秀は梨の木の様子をうかがった。煎じ薬を流し込んだ穴から、虫が出てくることは一度もなかった。新芽はぐんぐんと伸び、花も満開となった。傍らに生えている桜の花も一斉に咲いた。存分に花を楽しめる季節も、もう少したてば終わりだ。

花見の日、呂秀は木の下に筵を敷き、律秀は酒を入れた提と杯を草庵から持ってきた。筵の上に座ると、呂秀は、炒った椎の実と干し棗を載せた皿を、律秀と自分との間に置いた。

呂秀は花を見あげながら微笑んだ。「あの薬、よく効いたようですね」

律秀も目を細めた。「この見事な咲きっぷりから察するに、じゅうぶんに効いたのだろう」

「では、今日あたり、また見えるかもしれませんね」

「梨の精か」

「はい」

香ばしい椎の実と、甘い棗の実を味わいつつ、小さな杯でなめるように酒を呑んでいると、やがて目の前に光るものが現れた。

初めは透けておぼろであった姿が徐々に鮮明になっていく。前に見たときと同じく、くるくると身軽に舞っていた。長衣と領巾が小龍のように中空に躍る。前にも増して楽しげに見えるのは気のせいではあるまい。

驚いたことに、今日は、光るものがふたりもいた。

兄弟のようによく似たふたりである。衣もそっくりで、若さと老成した雰囲気を兼ね備えているところも同じだ。

だが、よく見ると、体を包んでいる光の色が違う。

呂秀が前に見た光るものは薄紅色を帯びていたが、今日現れたもうひとりは、純白の光を身にまとっていた。

白く光るものが、呂秀たちに向かって丁寧にお辞儀をし、梨の木の幹を掌で叩いた。

いっぽう、薄紅色に光るものは、今日は梨ではなく桜の木の幹を繰り返し叩いた。

その瞬間、呂秀は、ふたりが何を言いたいのか理解した。

律秀が呂秀の様子に気づき、声をかけた。「おい、梨の精が現れたのか」

「はい」

「また見えるのはおまえだけか。私はいつも損だなあ」

「兄上、我々は大きな勘違いをしていたようです」

「なんだって」

「梨の木が虫に食われていることを教えに来たのは、梨自身ではありませんでした。桜の木のほうです」

「えっ」

「いま、光るものがふたり見えているのですが、前に私が見たのは、桜の精だったとわかりました。この光の色と香りは、まさに桜の花そのもの。桜の木は弱った梨の木を心配し、なんとか助けようとして、人の姿をとって私を呼びに来たようです。この二本の樹木は、きっと同じ時期にこの世に生を受け、共に成長し、同じ時期に花を咲かせてきたのでしょう。まるで兄弟のように」

ほう、と律秀は感心したように声を洩らした。「木の種類は違うが兄弟か。面白い。我々とよく似ておるな」

「ふたりとも上手に舞っています。兄上に見て頂けないのが残念なほどに。ですから、私が代わりに、あの者たちの踊りを真似てみましょう」

「大丈夫なのか」からかうように律秀が言った。「おまえは、放下僧(ほうかそう)（僧の姿をした芸人）ではないのだぞ。正真正銘の、りっぱな僧ではないか」

「不調法は承知のうえです。しかし、光るものたちの感謝の気持ちを、少しでも兄上にお伝えしたいのです。ここなら誰も見ていません。頭を丸めた者が踊っても、誰も笑いますまい」

「──そうか」律秀は真顔になり、手にしていた杯を筵に置いた。「では、見せてくれ。光るものたちの舞を」

「はい。しばし、お楽しみ下さい」

「少し待て」律秀は立ちあがり、あたりを見まわしたのち、そばに生えていた菜の花を一本手折った。これを呂秀に手渡して言った。「何も持たずに踊るでない。花を扇の代わりとせよ」

「ありがとうございます」

ふたりの会話に耳を傾けていた光るものたちは、呂秀が視線を送ると、大きくうなずいた。呂秀の前に出て、ふたりで並び立つ。光るものたちの姿は律秀には見えないから、呂秀が光るものたちの動きをうまく真似れば、美しい舞を律秀に見てもらえるはずである。

呂秀は、光るものたちに呼びかけた。「私はあなた方ほど身軽ではないので、あまり激しく飛んだり跳ねたりしないように、よろしくお願いいたします」

光るものたちは領巾をふって返事とした。地から離れず、上半身を滑らかにくねらせながら舞い始める。呂秀が、ふたりの動きについていけるようになると、光るものたちは徐々に舞の速度を上げた。

天衣無縫(てんいむほう)な動きについてゆくのは大変だったが、不思議なほどに、呂秀の体は軽やかに動き、噴き出す汗も気にならなかった。

光るものたちは、どうやら物の怪としての妖力で、呂秀の体を少しばかり操っているらしい。

物の怪が見える自分には、このような能力もあったのかと、呂秀は少なからず驚いた。もしや自分は、願えば、人ではない存在とひとつになれるのだろうか。己の一部を物の怪に明け渡し、異質なものを受け入れることができるのか。究極のところ、それは人知を超えた目を得ることになろう。

僧である己を一瞬だけ忘れ、この世を見守る偉大なものに、舞を捧げているような気持ちになった。

猿楽の舞手は神に踊りを捧げているというが、いまの自分は、それと同じ体験をしているのかもしれない。

律秀は、穏やかなまなざしで呂秀の舞を見つめていた。

物の怪が見えずとも、呂秀の舞を通して、物の怪からの感謝の気持ちを受け取り、満足しているのが表情からわかる。

瞬間、呂秀の心も、温かい気持ちで満たされた。

咲き誇る桜の花と梨の花の下で、人と物の怪たちは、その日限りの宴に酔いしれた。

解説

細谷正充

上田早夕里の本を、書庫のどこに置くか。目下の私の悩みである。我が家の書庫の棚は、大雑把であるが、日本人作家と海外作家で分け、さらに「歴史時代小説」「ミステリー」「SF・ホラー・ファンタジー」と、ジャンルで分けているのである。

と説明したところで、作者の場合だ。最初は悩む必要がなかった。二〇〇三年に『火星ダーク・バラード』で、第四回小松左京賞を受賞し、SF作家としてデビュー。当然、「SF・ホラー・ファンタジー」コーナーに置けばよかった。しかし早い段階から、作者は物語の世界を拡大している。お菓子を題材にしたパティシエ小説、やはりお菓子を題材にしたミステリー、妖怪と人間が共存する町を舞台にした妖怪ハードボイルド……。SFだけには収まらないので、本の置く場所をどうするかと思ったが、やはり代表作は、二〇一一年に第三十二回日本SF大賞を受賞した『華竜の宮』である。ならば「SF・ホラー・ファンタジー」コーナーでよいだろうと納得していた。

ところが、二〇一七年の『破滅の王』から始まる、戦時下の上海を舞台にした三部作で、作者は果敢に近代史に斬り込んでいく。もちろんそれ以前にも、トラファルガー海戦をクライマックスにした海洋冒険小説『セント・イージス号の武勲』で、歴史への指向は示されていたが、これほどガッツリと歴史小説に乗り出してくるとは思わなかったので、大いに喜んだものである。

さらに二〇二一年九月には、室町時代の播磨の法師陰陽師兄弟、律秀と呂秀を主人公にした連作集『播磨国妖綺譚』（今回の文庫化に際して、『播磨国妖綺譚 あきつ鬼の記』と改題）を、文藝春秋から刊行。時代小説にも参入した。こうなると、作者の本をどこのジャンルの棚に置くべきか、悩まずにはいられないではないか。まあ、そうやってあれこれ考えるのが、上田作品の一ファンとしての楽しみである。これからもさらに作風を広げて、私を悩ませ続けてほしいものだ。

個人的な話はこれくらいにして、本書の内容に踏み込んでいこう。『播磨国妖綺譚 あきつ鬼の記』は、「オール讀物」二〇一九年二月号から二一年五月号にかけて、断続的に発表された短篇六作が収録されている。先に触れたように舞台は、室町時代の播磨だ。夢枕獏の「陰陽師」シリーズを始め、陰陽師関係の小説や漫画を好きな人なら、播磨と陰陽師の組み合わせで、すぐに一人の人物を思い出すはずである。播磨随一の法師陰陽師・蘆屋道満だ。ただし道満は、あの安倍晴明と同じ平安の世の人。室町では時代が違いすぎる。どういうことかと頭を捻っていたら、意外な形で物語に活用されていた。なるほど、面白い設定を考えたものだ。

なお、二〇一四年から刊行が始まった全三巻の「妖怪探偵・百目」シリーズには、道満一派の末裔を師匠に持つ、拝み屋の播磨遼太郎が登場している。早い段階で、陰陽師及び道満への関心があったと見ていいだろう。

冒頭の「井戸と、一つ火」は、燈泉寺にある井戸にまつわる怪異を、律秀と呂秀が解決する。律秀は薬師であり、漢薬に詳しい。呂秀は僧で、薬草園の世話をしている。そしてふたりは法師陰陽師である。しかも呂秀は、物の怪など人外のものを見て、声を聞くことができる。二人が突き止めた怪異の原因は、鬼の式神であった。事情を聞き、話し合った結果、鬼は呂秀の式神になるのだった。

続く「二人静」は、怪我人を治療するため猿楽一座に赴いた兄弟が、舞の最中に現れた死霊の心残りを晴らす。第三話「都人」は、都の天文生・大中臣有傳と兄弟の交誼が綴られている。第四話「白狗山彦」は、兄弟が山の神夫婦から娘（血の繋がりのない人間）を託される。第五話「八島の亡霊」は、海に出た武者の亡霊たちと話し合った呂秀が、思いもかけない方法で怨みを鎮める。第六話「光るもの」は、薬草園にある木の精の願いを、呂秀と律秀が叶える。ラストの美しい光景が忘れがたい。

といった調子で、兄弟は物の怪と対立することはない。物の怪絡みの事件や騒動を解決するが、戦って滅ぼすような真似はしないのだ。むしろ、物の怪や山の神と意思の疎通をして、相手の願いを理解し、なんとかしようと行動している。そこに本書の、陰陽師物としての独自の魅力があるのだ。

そういえば先に少し触れた「妖怪探偵・百目」シリーズも、微妙なバランスを保って一つの町で暮らしている妖怪と人間が、巨大な敵に立ち向かうため、手を取り合う。本書の「白狗山彦」でも鬼の式神が、

「鬼は人ができぬことをする、人は鬼ができぬことをする」

といっている。異なる存在でも分かり合い、協力し合うことができる。そんな世界であってほしい。作者が本書で伝えたいメッセージの一つは、これだと確信しているのである。

さらにいえば、分かり合うのは物の怪と人間だけではない。人間同士も、同じことがいえる。それを象徴しているのが、律秀と呂秀だ。法師陰陽師といっても、いろいろな違いが二人にはある。律秀は薬師でもあり、物事の理にこだわる。「都人」で書かれている、

「呪い（まじない）に必要なのは手順を守ることである。やり方を間違えなければ、理によって魔は

退く。手順を学び、使い方さえ正しければ、物の怪は自然に退くのである」

　というくだりは、律秀の法師陰陽師としての在り方を、よく表している。

一方の呂秀は、幼い頃から物の怪の姿を見て、声を聞くことができた。最初から法師陰陽師としての、強力なアドバンテージがあった。しかしある時期までは、自分が他の人と違うことを悩んでいる。また、兄に比べると人間としては未熟だと思っている（そういう兄も、自分が半人前だと思っている）。それぞれに抱えているものはあるが、兄弟の仲は良好。「二人静」の舞手や、「光るもの」の木の精のように、律秀と呂秀も、互いを助け合い、支え合う存在となっている。そう、ここに描かれているのは、人と人、人と物の怪が支え合う世界なのだ。だから兄弟は物の怪を祓わない。人と物の怪によって生まれるのは、時に切なく、時に幸せな空間なのである。

　さて、本を閉じた後、もっとこの世界に浸っていたかったと感じた読者は多いはずだ。安心してもらいたい。本書の刊行と同時期に、シリーズ第二弾『播磨国妖綺譚　伊佐々王の記』が刊行される。「都人」から登場し、「八島の亡霊」で愉快な姿を見せてくれた有傅が、播磨に派遣された理由は、本当に天文観測のためだけなのか。一年ほど先に都の方まで含まれる、大きな出来事が起こるという予言は、何を意味するのか。さらにいえば、かつて蘆屋道満が都に行ったとき、何が起きたのか。都の陰陽師と、播磨の法師陰陽師の、これからの関係も気になる。あれこれ考えると、このシリーズは、さらに大きな物語になりそうだ。その渦中で、兄弟がどのように躍動するのか。実に楽しみでならないのである。

（書評家）

本文内の引用部分については、
表記は引用元に従っております。

註

本作に登場する漢薬の処方は、和刻本『官刻増廣　太平和劑局方』全二冊（燎原書店　一九七六年／享保十七年に刊行された書物の復刻版）の記述を参考にしています。この国定処方集が最初につくられたのは中国の北宋時代（大観年間／一一〇七年～一一一〇年）です。のちに日本にも伝わりました。

これらは当時の処方であり、現在、日本で治療に用いられている漢方薬とは、名称・内容などに違いがあることをお断りしておきます。

初出
「井戸と、一つ火」「オール讀物」二〇一九年二月号
「二人静」「オール讀物」二〇一九年八月号
「都人」「オール讀物」二〇二〇年六月号
「白狗山彦」「オール讀物」二〇二〇年十二月号
「八島の亡霊」「オール讀物」二〇二一年二月号
「光るもの」「オール讀物」二〇二一年五月号

単行本　二〇二一年九月　文藝春秋刊

DTP制作　言語社

文春文庫

播磨国妖綺譚（はりまのくにようきたん）
あきつ鬼（きき）の記

定価はカバーに
表示してあります

2023年12月10日　第1刷

著　者　上田早夕里（うえださゆり）
発行者　大沼貴之
発行所　株式会社 文藝春秋

東京都千代田区紀尾井町 3-23　〒102-8008
TEL　03・3265・1211㈹
文藝春秋ホームページ　http://www.bunshun.co.jp
落丁、乱丁本は、お手数ですが小社製作部宛お送り下さい。送料小社負担でお取替致します。

印刷製本・大日本印刷
Printed in Japan
ISBN978-4-16-792144-6

（　）内は解説者。品切の節はご容赦下さい。

福田和代
バベル
ある日突然、悠希の恋人が高熱で意識不明となってしまう。感染爆発が始まった原因不明の新型ウイルスに、人間が立ち向かう術はあるのか？　近未来の日本を襲うバイオクライシスノベル。
ふ-45-1

藤崎彩織
ふたご
彼はわたしの人生の破壊者であり、創造者だった。異彩の少年に導かれた孤独な少女。その苦悩の先に見つけた確かな光とは。第158回直木賞候補となった、鮮烈なデビュー小説。（宮下奈都）
ふ-46-1

誉田哲也
武士道セブンティーン
スポーツと剣道、暴力と剣道の狭間で揺れる17歳、柔の早苗と剛の香織。横浜と福岡に分かれた二人は、別々に武士道とは何かを追い求めてゆく。「武士道」シリーズ第二巻。（藤田香織）
ほ-15-3

誉田哲也
増山超能力師事務所
超能力が事業認定された日本で、能力も見た目も凸凹な所員たちが、浮気調査や人探しなど悩み解決に奔走。異端の苦悩や葛藤を時にコミカルに時にビターに描く連作短編集。（城戸朱理）
ほ-15-7

誉田哲也
増山超能力師大戦争
超能力関連の先進技術開発者が行方不明となり、妻から調査を依頼された事務所の面々。だが、やがて所員や増山の家族にも危険が及び始めて――。人気シリーズ第二弾。（小橋めぐみ）
ほ-15-9

本城雅人
崩壊の森
日本人記者・土井垣侑が降り立ったソ連は「特ダネ禁止」の場所だった。謎の美女、尾行、スパイ。ソ連崩壊を巡る情報戦を圧倒的リアルさで描くインテリジェンス小説の傑作！（佐藤　優）
ほ-18-5

万城目　学
プリンセス・トヨトミ
東京から来た会計検査院調査官三人と大阪下町育ちの少年少女が、四百年にわたる歴史の封印を解く時、大阪が全停止する!?　万城目ワールド真骨頂。大阪を巡るエッセイも巻末収録。
ま-24-2

（　）内は解説者。品切の節はご容赦下さい

コラプティオ　真山 仁
震災後の日本に現れたカリスマ総理・宮藤は、原発輸出を推し進めるが、徐々に独裁色を強める政権の闇を暴こうとするメディアとの暗闘が始まる。謀略渦巻く超本格政治ドラマ。（永江 朗）
ま-33-1

売国　真山 仁
日本が誇る宇宙開発技術をアメリカに売り渡す「売国奴」は誰だ!? 検察官・冨永真一と若き研究者・八反田遙。そして「戦後の闇」が二人に迫る。超弩級エンタメ。（関口苑生）
ま-33-2

標的　真山 仁
東京地検特捜部・冨永真一検事は、初の女性総理候補・越村みやび厚労相の、サービス付き高齢者向け住宅をめぐる疑獄を追う。「権力と正義」シリーズ第3弾！（鎌田 靖）
ま-33-3

神域　真山 仁
アルツハイマー病を治す「奇跡の細胞」を巡る日米の鍔迫り合い。老人たちの失踪事件を追う刑事が見たものは？ バイオ・ビジネスの光と闇を描く迫真の医療サスペンス！（香山二三郎）
ま-33-4

火花　又吉直樹
売れない芸人の徳永は、先輩芸人の神谷を師として仰ぐようになる。二人の出会いの果てに、見える景色は。第一五三回芥川賞受賞作。受賞記念エッセイ「芥川龍之介への手紙」を併録。
ま-38-1

キングレオの回想　円居 挽
獅子丸は、天才的頭脳の少年・論語から、ある女性の正体を知りたいと依頼を受ける。一方、助手の大河には、さる高貴な男性の醜聞が持ち込まれ……。巻末に描き下ろし漫画を収録。
ま-41-2

キングレオの帰還　円居 挽
行方不明だった獅子丸が京都に帰ってきた！ しかし、大河の私生活に起きた大きな変化に激しく動揺する。さらに、久しぶりに入った自身のオフィスには、驚愕の事態が待っていた。
ま-41-3

文春文庫　最新刊

本心　平野啓一郎
自由死を願った母の「本心」とは。命の意味を問う長編

騙る　黒川博行
古美術業界は〝魔窟〟。騙し騙され、最後に笑うのは？

満月珈琲店の星詠み ～秋の夜長と月夜のお茶会～　望月麻衣　画・桜田千尋
三毛猫のマスターと星遣いの猫たちのシリーズ最新作！

帝国の弔砲　佐々木譲
日系ロシア人の数奇な運命を描く、歴史改変冒険小説！

とり天で喝！　ゆうれい居酒屋4　山口恵以子
元ボクサーから幽霊まで…悩めるお客が居酒屋にご来店

石北本線　殺人の記憶　十津川警部シリーズ　西村京太郎
コロナ禍の北海道で十津川警部が連続殺人事件を追う！

禁断の罠　米澤穂信　新川帆立　結城真一郎　斜線堂有紀　中山七里　有栖川有栖
ミステリ最前線のスター作家陣による豪華アンソロジー

播磨国妖綺譚　あきつ鬼の記　上田早夕里
美しく、時に切ない。播磨国で暮らす「陰陽師」の物語

暁からすの嫁さがし　雨咲はな
出会ったのは謎の一族の青年で…浪漫綺譚シリーズ！

日本蒙昧前史　磯﨑憲一郎
「蒙昧」の時代の生々しい空気を描く谷崎潤一郎賞受賞作

曙光を旅する　葉室麟
西国を巡り歩き土地・人・文学をひもとく傑作歴史紀行

棚からつぶ貝　イモトアヤコ
芸能界の友人や家族について、率直に書いたエッセイ集

ロッキード　真山仁
没後30年。時代の寵児を葬ったロッキード事件の真実！

アンの娘リラ　L・M・モンゴメリ著　松本侑子訳
日本初の全文訳「赤毛のアン」シリーズ、ついに完結！

精選女性随筆集　有吉佐和子　岡本かの子　川上弘美選
作家として、女として、突き抜けた二人の華麗な随筆集

河東碧梧桐―表現の永続革命〈学藝ライブラリー〉　石川九楊
〝抹殺〟された伝説の俳人の生涯と表現を追う画期的評伝